徳 間 文 庫

おまえは生きなければならない

太 田 忠 司

徳 間 書 店

プロローグ

　その日でなければならない理由はなかった。だが榎保憲《えのきやすのり》は自分の三十歳の誕生日であるその日、地下鉄に乗った。

　名城線栄《さかえ》駅で降り、南西改札を出て地下街に入る。クリスタル広場南東の階段から名古屋三越前へと出た。

　広小路通と南大津通が交わる栄交差点は、日曜の午後ということもあり人の行き来が多かった。梅雨《つゆ》入り前の五月の空は青く、気温は二十五度を超えていた。通行人の大半が軽装で、半袖の夏服姿の者も多かった。その中で榎は厚手の迷彩服に革《かわ》のロングブーツ、手にも黒い革手袋を装着して、さらにアラミド繊維で作られた防刃《ぼうじん》ベストを着込んでいた。額には汗が滲《にじ》んでいた。

　髪は前日に自分で刈り上げた。高校時代に野球部に所属していたとき以来の坊主頭だった。眼鏡は掛けているがマスクもせず、素顔を晒《さら》していた。

榎は横断歩道前に佇《たたず》み、しばらく人の行き来を眺めていた。目の前の信号が何度か変わった。その間も多くの人が彼の前を過ぎていった。

何度目かに信号が変わったとき、榎は空を見上げた。そして大きく息をして、ベストの内ポケットから二本のミリタリーナイフを抜き出し両手に握った。

そのとき彼の目の前を歩いていたのは六十六歳の女性だった。十八歳の孫と三越内のレストランでランチを済ませ、外に出てきたところだった。急に暑くなったから衣替えが追いつかない、という話を孫としていた。榎は喋《しゃべ》っている彼女の胸元にナイフを突き立てた。

孫の頰《ほお》に女性の傷口から噴き出した血の飛沫《しぶき》がかかった。女性は小さく声を洩《も》らし、その場に倒れた。孫は何が起きたのかわからないまま倒れた祖母を助け起こそうと取りすがった。榎はその背中にナイフを降り下ろした。痛い、と孫は叫んだ。榎は彼女の背中を四回刺した。血が噴き出し、孫は動かなくなった。

近くにいた女性が悲鳴をあげた。榎はナイフを大きく振って彼女の腕を切りつけた。女性は声をあげながら逃げ出した。榎は後を追った。しかしすぐに見失い、次の獲物を探した。

危険を感じて逃げ出そうとする者は、まだほとんどいなかった。立ち止まり、様子を窺《うかが》っている者が多かった。榎は彼らに突進し、ナイフを振り回した。バイトのシフトを終えて帰宅の途中だった二十歳の大学生は後ろから胸を刺され、誰に襲われたのかも知らないまま倒れた。近くのパチンコ屋で朝から玉を弾《はじ》いていた三十五歳のサラリーマンは店を出てぶらぶらと歩いているときに榎と遭遇し、ナイフで腹を抉《えぐ》られた。悲鳴が重なり、やっと人々が逃げはじめた。そうなると恐慌の波が一気に広がり、街中は騒然となった。

榎はその後、久屋《ひさや》大通公園に向かった。バス停にいた足の悪い七十歳の女性が逃げようとして自分の押していたシルバーカーに足を取られて転ぶと、彼はその上にのしかかり、三回ナイフを降り下ろした。立ち上がると次は希望の泉近くいた二十七歳のフリーターと十四歳の少女に向かって走り出した。彼らはその日はじめて顔を合わせていた。少女は榎に気付き、立ち止まった。フリーターは少女に話しかけるのに夢中で、駆け寄ってくる者がいることに気付いていなかった。榎は最初、少女を狙った。が、ナイフを振り上げたとき、彼女は男性の陰に隠れて見えなくなった。榎は振り上げたナイフを男性の背中に突きたてた。そのときはじめて自分の危機に気付いたのか、男性は悲鳴をあげた。榎は彼をもう一度突いた。男性はその場に倒れた。少女の姿はなかった。振り返ると逃げ遅れた別の男性が地面にへたり込んでいた。彼は営業の仕事をサボって公園をぶらぶらしていたところだった。榎は動けなくなっている男性にターゲットを変更した。男性は腰を抜かして動けないままだった。飛びかかろうとしかけた榎の視界に、通報を受け栄幹部交番から駆けつけた警官がこちらに向かって走ってくるのが見えた。榎は両手のナイフを捨て、ベストの内ポケットから未使用のナイフを一本抜き出した。

それまで彼は、ずっと無言だった。声をあげずに人を刺した。新しいナイフで警官に向かおうとしたとき、はじめて雄叫《おたけ》びをあげた。そうすれば警官が銃で自分を撃ってくれるだろうと思った、と後に供述している。

榎はナイフを振りかざし声をあげ、駆けだそうとした。しかし次の瞬間、足を掬《すく》われた。バランスを崩したところでナイフを持つ右手がねじ上げられ、全身を地面に叩きつけられた。痛いと叫んだ。それでもねじ上げる力は緩《ゆる》まず、ナイフを落とした。さらに腕をねじられ、榎は悲鳴をあげた。痛いやめてくれと抗議した。警官たちが駆けつけ、さらに胴と足を押さえつけられた。痛い痛い痛い。榎は喚《わめ》いた。

最初に榎の足を掬って押さえつけたのは六十四歳の元刑事だった。希望の泉近くのベンチに腰かけていたときに榎の凶行に遭遇し、襲われそうになっていた少女を助けると隙《すき》を見て榎にタックルした。ナイフを取り上げる際に右腕に軽傷を負ったが、それより急に体を動かしたために起こした右太股《ふともも》の肉離れのほうが重症で、そちらのほうが治療に時間がかかったと後に取材で話している。

榎は拘束され、中警察署に連行された。取り調べに対し当初は黙秘を続けていたが、やがて自分の名前と住所を告げた。そして身柄確保の際に右腕を痛めた。あれはやりすぎだと抗議した。

この事件で軽傷者は四名、重傷者三名、そして死者は五名だった。

榎は送検の後に殺人と傷害、銃刀法違反などの罪で起訴され、二カ月後に公判が始まった。被告人となった榎は罪状についてはすべて認め、争わないと断言した。ただ逮捕の際に苦痛を受けたことだけは不当だとして抗議すると述べた。国選弁護人は被告の責任能力を問い、精神鑑定を求めた。医師により鑑定が実施され、犯行当時に心神喪失または心神耗弱《こうじゃく》の状態ではなかったとの診断結果が提出された。

検察は被告人が白昼、無差別に殺傷を行ったことは許しがたい残虐な行為だとして死刑を求刑した。弁護人は被告の犯行であることは明らかではあるが死刑は重すぎると述べた。

被告人の榎は最終弁論で、今でも逮捕時に痛めつけられた右腕が痛むと言い、自分を拘束した元刑事は罪に問われるべきだと述べた。

翌週、判決が言い渡された。

――主文。被告人を死刑に処する。

弁護人は控訴しようとしたが、榎はそれを認めなかった。判決は確定し、身柄を名古屋拘置所に送られた。

死刑確定から十年三カ月が経過した今年の一月、榎保憲の死刑が執行された。

1

「はい、今回はここまで。よかったら高評価、それからチャンネル登録お願いしますねえ。それでは『ナカムラの部屋』ナカムラでした。さようなら」

しばらくスマホのカメラに向かって手を振りつづけた後、録画を停止して真顔に戻る。ナカムラこと中村裕太《なかむらゆうた》は大きく息をついた。

すぐにも動画編集ソフトを立ち上げて撮ったばかりの動画に手を入れたかったが、さすがに疲れてしまった。パソコンのディスプレイに表示された時刻は09時28分。十二時間以上何も食べてないし寝ていない。

一階に下りると両親の姿はなかった。ふたりとも仕事に出た後だ。そのかわりキッチンには裕太のために食事が準備されていた。食パンとサラダとゆで玉子。それにインスタントコーヒーのスティック一本。パンをトースターで焼いている間にカップにコーヒーを入れ、湯を注いだ。砂糖とクリームが出てないのは、父親も母親もコーヒーをブラックで飲むからだ。舌打ちをして自分で用意する。

トースターが癇《かん》に障《さわ》る音を鳴らした。焼けたパンを皿に移し、バターを塗って食べた。コーヒーを飲み、ぱさついたサラダを口に運ぶ。ゆで玉子は殻《から》と白身の間の膜《まく》が貼りついて剝《む》きにくかった。

食べながらスマホで自分の動画チャンネルを見てみる。半日前にも確認したが、再生回数は変わっていなかった。

YouTubeにはこれまで十四本の動画をアップしている。ほとんどがVlogという動画ブログで、学生時代にあったくだらないけど笑えるエピソードや勤めていたブラック企業の笑えないエピソード、ニートとなった今の自分の状況などについて喋っていた。

動画配信を始めてから一年くらい経《た》ってチャンネル登録者が四桁《けた》に届いたときは、妙な達成感があった。しかし個人的なネタは尽きるのが早い。程なく迷走が始まった。ゲーム実況をしてみたりマクドナルドに押しかけて新作ハンバーガーの食リポをしてみたりと、あれこれ試してみたが結果には繋《つな》がらなかった。

これまで上げた動画に付いたコメントには「面白くないけど声がいい」「声が好み」というものがあった。自分の声がいいという認識がなかったので、これは意外な評価だった。ならばと声優の真似《まね》をしてアニメのアテレコをした動画をアップしてみた。これできっと反響が出ると期待した。しかし意に反して思うように再生数は伸びなかった。それどころか「原作に対するリスペクトがない」「声優でもないのに声優ぶってる」という批判が付いた。炎上とまではいかないが、評価が下がってしまったようで、以来、低迷が続いている。

今日撮ったのは「日本に引きこもりニートが多い理由」というテーマで語ったものだ。ChatGPTに同じことを質問して出てきた回答を適当にアレンジしてみた。こんなものでもそこそこの再生回数を稼げる。そこそこ、でしかないが。

なんとかしなきゃな、と裕太は心の中で愚痴《ぐち》る。両親には「ユーチューバーで稼げるようになるから」と大見得《おおみえ》を切ってしまった。そもそも両親がユーチューバーというものがどういう職業か理解しているかどうかもわからないが、自分ではそこそこ本気だ。何かの仕事に就《つ》くくらいなら、ユーチューバーになって金を稼ぎたい。もう誰かに使われるのは真っ平《まっぴら》だった。

固ゆでの玉子を咀嚼《そしゃく》しながら、裕太は新卒で就職した会社のことを思い出し、噎《む》せた。しっかり固まった黄身《きみ》は舌と喉の動きをもたつかせ、息ができなくなる。慌《あわ》ててコーヒーを飲み、また顔を顰《しか》めた。黄身とコーヒーの食い合わせは最悪だ。

自分とあの会社の相性も酷《ひど》かった。ノルマ第一主義で成績の良い者だけが称賛され、そうでないものは連日人格を否定されるような罵詈雑言《ばりぞうごん》を浴びせられた。どうしてあんな会社に四年も在籍していられたのか、今となっては不思議に思う。三日くらいで辞《や》めていればよかったとさえ思う。

今は貯金と親から貰《もら》うわずかな小遣いで細々と生活している。もちろん家賃や光熱費は払っていないし、外食以外の食費も同様だ。こんな暮らしを続けて十年近く。三十七歳となった今もニートの引きこもり生活を続けている。

それでも自分なりに節約しつつ生計の立て直しを図っているところだった。YouTubeにアップした動画に広告を貼って収益化、つまり儲《もう》けるようにするためには、チャンネル登録者数が千人を超えることと有効な公開動画の総再生時間が十二カ月間で四千時間以上あることが必須だ。登録者数はなんとか到達しているが、再生時間がまだ稼げていない。もっと見てもらえる動画を作らないと。そのためには……。

裕太はコーヒーのカップを置いたまま動きを止めた。そう、ひとつだけネタはある。

間違いなく注目を浴びるであろうネタが。

動画はじつは、途中まで撮ったものがフォルダに放り込まれたままにしてある。本当ならこの一月に完成させて公開すれば絶対にタイムリーだったのだが、できなかった。どうしても躊躇《ためら》ってしまうのだ。あの日のことを思いだして語ろうとすると、今でも体の芯《しん》が凍《こご》えて震えそうになる。

あの日……閉じ込めていた記憶が不意に甦《よみがえ》りそうになり、裕太は髪を掻《か》きむしった。駄目だ。思い出しただけでおかしくなる。でも……じゃあ、どうしたらいい？

考えあぐねていると、ふとテーブルに置かれた新聞が眼に入った。必要な情報はみんなネットで手に入れている裕太が、もう久しく手にしたことのないものだ。親たちはいまだにこんなものを読んでいるのか。情弱《じょうじゃく》にも程がある。そういえば父親はいまだにガラケーだったか。裕太が持っているもの以外に家にはパソコンもなく、電話器にはファックス機能が付いている。嘘《うそ》みたいだ。

鼻で笑いながらも、裕太は新聞を手に取った。もしかしたら何かいいアイディアを見つけられるかもしれない。そんな期待を少しだけ抱いて新聞を捲《めく》る。

細かな文字がぎっしりと詰まっている。新型コロナの話題、ウクライナの戦争のこと、どれもネットで見たことばかりだ。面白くない。

いや、たとえば新聞を読みながら記事を批評する動画というのはどうだろうか。大きなネタではなく市民版に載《の》っているような些細《ささい》な記事をネタにして話すというのも、動画として成立するかもしれない。

そんなことを考えながら新聞を捲っていると、中程の紙面が眼に留《と》まった。女性の写真が載っている。裕太もよく知っている人物だ。

【女優・立石《たていし》セナが語るいじめ被害体験「苦しいばかりの場所にずっといる必要はない」】

映画館なんて十年以上行ったことがないし、ネットでも二時間近くかかるものを観《み》る気力はない。だから立石セナの出演映画を観たこともなかった。だが彼女が有名な女優であることは知っていた。YouTubeにあがっている短い動画ならいくつか観た。たしか五年くらい前から映画やテレビに出ている。ＣＭにもいくつか出演していたはずだ。

裕太にとってはその程度の認知度しかない存在だった。いじめ云々《うんぬん》というのも興味はないというか、むしろ避けたい話題だ。そのままスルーしてもよかった。なのになぜか、彼女の写真から眼を離せなかった。

女優だけあって整った顔立ちをしている。まず最初に眼につくのは鼻だ。鼻筋が通っていて小鼻が整っている。唇は薄めだがやはり形がよく知性的な印象を与えている。眼はいわゆるアーモンド型、目頭と目尻が尖《とが》り気味で切れ長だ。瞳は大きく意志の強さを感じさせる。髪はいつもショートボブにしている印象がある。この写真でもそうだった。記事の冒頭に名古屋出身の女優・立石セナ（24）と書かれているが、実年齢より年上のような印象があった。名古屋出身というのも初めて知った情報だ。

裕太は写真をじっと見つめた。脳のどこかが疼《うず》くような感覚が湧き上がってくる。

この顔、どこかで見たような気がしてならない。

いや、これまで何度か眼にしているのだから、記憶に残っていて当然だ。当然だが……。

前にもセナの写真を見たとき、こんなもどかしい気持ちになったことがあった。あれは製薬会社のＣＭ動画に出演しているのを見たときだったか。大写しになったセナの顔に衝動的な心の揺れを感じた。

惚《ほ》れた？　いや、そういうことではない。

この顔には……妙な既視感《きしかん》がある。

どうしてなのか、わからない。だが、そう感じたのだ。

しばらく紙面の写真を見つめていたが、答えは出なかった。裕太は記事のほうに眼を移した。
彼女は両親と妹の四人家族で、中学卒業後にスカウトされ、芸能界デビューをしたそうだ。

デビューするまでの私は人前に出る仕事に就くなんて想像もできないくらい内向的でした。特に小さい頃は人見知りの激しい子供でしたね。体を動かすのが得意ではなくて体育も苦手。人と話すことができなくて、ずっと黙ってました。でも勉強はできるほうだったので授業で苦労はしなかったです。だけどこれが問題なんですよ。小学校では頭が良くて運動音痴というのはスクールカーストで言えば最下層に位置するんです。「ガリ勉」なんて昭和な表現がまだ生き残ってて同級生に蔑《さげす》まれるんですよね。中学でもその状況が続いて、それが結局いじめになっていくんです。

同じだ、と裕太は思う。彼も勉強はできるが運動は苦手な子供だった。たしかにあの頃、授業で優秀な子と体育のできない者はクラスの中でも下層者扱いされていた。その両方に当てはまる自分はもちろん最下層だ。せめて学級委員とか生徒会長とかの役職に就けば変わっていたかもしれない。しかしそれだけの気概《きがい》もなく、ただ目立たずに過ごしていきたいだけだった。

中学でのいじめは相当ひどかったです。カバンや上靴を失《な》くされるのはしょっちゅうのことで、給食に雑巾《ぞうきん》を放り込まれたり、後ろから蹴《け》られたり、スカートめくりも日常的にされてました。わたしが抵抗しないものだから、いじめもどんどんエスカレートして、学校の校庭にあった時計塔に縛りつけられたこともありました。あのときはさすがに先生もびっくりして助けてくれたんですが、後で「君にも非があるかもしれない」なんて言われて二重に傷つきました。学校の隣を流れている川に本気で飛び込もうと思ったくらい。でもフェンスが高くて越えられなくてあきらめました。

「まさか……」

紙面を見つめ、思わず口に出していた。

校庭の時計塔。そして学校の隣には川。その間に高いフェンス。

そこに具体的な学校名が記されているわけではなかった。だが裕太は確信した。

これ、俺の通ってた中学だ。

名古屋市立中川中学校。校舎は新川という川沿いに建っている。裕太の家からも近い。校庭に建っている時計塔は鉄製で、郵便ポストのように赤く塗られていた。今もまだ、あるはずだ。

立石セナも中川中に通っていた。ということは、俺の後輩か。実家もこのあたりにあるということか。そしてセナも、あの時計塔に縛りつけられたことがあるのか。

あの時計塔に最初に縛りつけられたのは、たぶん裕太だ。真冬の夜に学校に呼びつけられ、荷造り用のビニール紐《ひも》で何重にも巻かれて動けなくなされた。縛りつけた連中のこともよく覚えている。寺田《てらだ》というのがリーダー格だった。彼らは裕太を縛ると笑いながらさっさと帰ってしまった。担任の富沢《とみざわ》に見つけられ助けられるまで、裕太はずっと寒風に晒《さら》され意識を失いかけていた。

そんな出来事の後も同情されるどころか、物笑いの種にされつづけた。あのときの屈辱と心細さを思い出すと、今でも身を切られるような痛みを感じる。

それをセナも経験させられたのだ。彼女は二十四歳だから裕太とは十三歳の差があるのに、今でもあの学校では同じようなことが繰り返されている。もしかして、自分のことが卒業後も学校内で伝えられ、それがひとつの伝統のようになっているのだろうか。裕太は体の奥から苦いものが染み出してくるような感覚に襲われた。あんなことが、ずっと続いていたなんて。

迫《せ》り上がってくる嫌な記憶を抑えつけながら、裕太はセナの記事の続きを読んだ。いじめのせいで学校に行くことも嫌でたまらなかったが、それでも不登校にはならず、なんとか中学を卒業した頃、名古屋駅前でスカウトされたことをきっかけに芸能事務所に所属することになった。上京し東京の高校に通いながら芸能活動を続け、いくつかの映画やテレビドラマに出演するようになる。高校ではいじめもなく親しい友人もできて今までとはまるで違う学生生活を送ることができたという。

いじめられていた記憶が消えたわけじゃないし、心の傷も残っています。でも、その後の人生がわたしを変えてくれました。辛《つら》い場所にずっと居つづけようとせず、環境を変えて自分に自信を持てたことが、よかったんだと思います。

今もしも自分が置かれている状況に苦しんでいるひとがいたら、すぐにも環境を変えることを勧めます。苦しいばかりの場所にずっといる必要はない。逃げてもいいんです。

逃げてもいい、か。

裕太はその言葉を皮肉な気持ちで受け止めた。これ、流行《はや》り言葉だな。いじめとかブラック企業とかＤＶとかヤングケアラーとかの問題が話題になるたび、誰かがこの言葉を口にする。まるで万能の呪文みたいに。逃げてもいいんだよ、と。

でも逃げられるのは、逃げる力と才能を持った者だからだ。力のない者はその場から抜けられず、才能のない者は状況を変えることもできない。今の俺のように。

立石セナは逃げることができた。それだけ力も才能もある。その上、今では人気女優だ。大成功者だ。だから新聞で「逃げてもいい」なんて言えるんだ。

先程までセナに対して感じていた親近感は、あっさりと消えてしまった。同じようないじめを受けていたというだけで親近感を抱くなんて烏滸《おこ》がましいにも程があるということか。

でも、と裕太は思う。この偶然をなんとかできないものだろうか。同じ中学に通い同じいじめを受けてきた俺とセナ。これをネタにできないか。

思いつきはたちまち脳内の妄想《もうそう》を膨《ふく》らませていく。YouTubeで「あの立石セナ、なんと俺の中学の後輩なんですよ」と語る自分。ぐいぐい上がる再生回数……いや、この程度の情報で注目を浴びられるなんて、そんなに簡単なものじゃない。やるなら、もっとエグいネタを摑《つか》まなければ。

やってみよう。いや、やってやろう。逃げきれたと思っている奴の足首を摑まえるんだ。

裕太は使い終えた食器をそのままに立ち上がった。

2

立石セナの家は、同じ学区内にある。それを特定すること。まずはここからだ。

自分の部屋に戻り、ネットでセナのことを調べてみた。「立石セナ　実家」で検索をかけると、いくつかの芸能情報系サイトが引っかかった。読んでみるとセナが名古屋出身であることも出身校も書かれていた。裕太の読みどおり中川中学校出身だったが、驚いたことに小学校も彼が卒業した中川小学校だった。ということはやはり彼女の実家もすぐ近くにあるということだ。

しかしサイトをいろいろ巡ってみても、実家がどこにあるかまで特定しているものはなかった。どれも似たりよったりの情報しか載せていない。みんな同じソースを元に書かれているのだろう。

だが、これだけわかれば充分だった。裕太は一階に下りリビングに向かう。電話を置いているキャビネットの抽斗《ひきだし》を開けると、雑多な書類が詰め込まれていた。それを取り出し、ひとつひとつ調べていく。程なく目当てのものが見つかった。

中川小学校学区地図。学区内の住宅がすべて住人の苗字《みょうじ》付きで記されている。最近は個人情報保護のためにこのような地図が作成されることはなくなったが、これは二十年くらい昔のものだった。

小さな建物が無数に並ぶ地図を見つめ、裕太は一瞬躊躇《ちゅうちょ》する。が、意を決してその場に座り込み、左端から調べはじめた。

山田、高木、佐藤、河野……一軒ずつ苗字を確認していく。気の遠くなるような作業だった。五分の一ほど続けたところで視界がぼやけてきた。眼をこすり地図をテーブルに置いて楽な姿勢で捜索を続ける。酒田、水沼、加藤、山崎……。

三十分ほどで目当ての苗字を見つけた。立石。

場所を確認してまた驚く。裕太の家から三百メートルほどしか離れていない。ご近所と言ってもいいくらいの距離だ。こんな近くにセナが暮らしていたのか。さすがに今はもう彼女は住んでいないだろうが、家族はいるかもしれない。何より特定できた実家を映像に収めれば、そこそこバズる動画になりそうだ。

裕太はスマホを手に家を出た。

引きこもり生活をしているが、全然家から出ないわけではない。必要な場合は買い物にも出ている。ただここしばらくはコンビニにも行かなかった。なので季節の変化には気付かないでいた。近くの家の庭先に生えている桜は花も散って、すでに青々とした葉を繁らせている。あらためてスマホに表示されるカレンダーを見て四月も半ばを過ぎていたことを認識する。

陽差しは穏やかで、肺を満たす空気も柔らかい。着ているセーターではいささか暑いかもしれない。かといって家に戻って着替える気にもなれない。そのまま歩くことにした。

子供の頃から歩いてきた道を歩く。見慣れている風景の中に立石セナという超有名人の家があったという事実が、なんとなく自分の中でしっくりしていなかった。違和感というより軽い嫉妬《しっと》のようなものが胸の奥にある。同じところに住んでいたのにセナがまるで違う世界の人間になっていることに納得できないのかもしれない。こういうのをルサンチマンというのだろうか。違うかもしれないが、自分でも醜悪な感情だと思う。しかし、そういう気持ちにさせたのはセナだ。自分が悪いのではない。だから、これからすることは正当なことなのだ。裕太は自分に言い聞かせ、スマホを目の前に掲げた。

このあたりから始めれば自分の家まで特定されることはないだろうとカメラアプリ

を起動させ、ビデオモードにしてスタートボタンをタッチする。

「えー……、俺は今、自分の家の近所を歩いてます。どこに行こうとしてるかって言うと、なんと、あの立石セナの実家なんです。そう、俺の家の近くなんですよ。奇遇ですねえ」

歩きながら自分の行動を解説する。もちろんこの声も録音されているはずだ。

「このあたりはねえ、ガキの頃からよく歩いてた場所なんです。この向こうに公園があって、そこへ遊びに行ってたから。あの公園で俺、何やってたかなあ。なんかくだらないことばっかりやってた気がする。鬼ごっことか靴飛ばしとか。なんであんなものが楽しかったのかなあ……いや、そういう話をするためにこの動画を撮ってるわけじゃなくて。この近くに立石セナの実家があるんですよ。たしか、ここを右に曲がればいいのかな……わっ!?」

十字路を曲がった途端、目の前に巨大な怪物が現れた。

裕太は驚きのあまりスマホを持ったまま尻餅《しりもち》を突く。

「あ、すみません」

怪物の後ろから人間の声がした。怪物と見えたのは大きな犬だった。褐色《かっしょく》の体はうずくまった大人くらいで口まわりから鼻先にかけてだけが黒い。目付きは穏やかだが体が大きすぎてやはり不気味だ。犬はしゃがみ込んでいる裕太に鼻を近づけてくんくんと嗅《か》ぎ、垂れた両頰の間から赤い舌を見せた。噛《か》み付きはしないようだが、あの舌で舐《な》められるのもごめんだ。

「カイ、駄目」

犬の後ろにいた女性が声をかけると、犬は名残《なごり》惜しそうに裕太を一瞥《いちべつ》してから、そっぽを向く。女性は申しわけなさそうに、

「本当にすみませんでした。怪我、ありませんか」

と声をかけてくる。

「あ、いえ……大丈夫、です」

裕太は慌てて立ち上がる。

「すみませんでしたね」

再度詫《わ》びを言ってから女性は太いリードを引っ張って犬を目の前の家に引き入れた。

裕太はほっと息をつく。犬は嫌いではないが、あんなにでかいのは初めて見た。

あらためて撮影をしながら歩きだす。このあたりは近所でもあまり通ったことのない道だった。道幅が狭くて、両側に建つ家々はどれも古びている。昔からの住人がいる区域らしい。

「こんな感じでね、家がずっと建ってるんですよ。きっと立石セナの家も古い建物なんだろうな。ってことはずっと前からここに住んでたってことかな。全然気付かなかったけど……って、ここに住んでたときにはまだ女優なんかしてなかったんだろうから当然なんだけど。さて、この角を曲がれば目的の家が建ってるはずだけど……あれ？」

裕太は立ちすくむ。そこにあったのは家ではなく、空き地だった。

「おかしいな」

録画を停め、家を出る前に撮影しておいた学区地図の画像を表示させる。空き地の隣に建っている家の表札は水谷。地図にもそう記されている。その東隣に立石の家があるはずだった。

裕太は空き地に足を踏み入れた。地面は最近掘り起こされたものらしく、感触が柔らかい。まだ雑草も生えていなかった。

その中央に看板らしきものが突き立っていた。こちらからは何が書かれているのかわからないので回り込んでみる。「売地」とあった。その下には不動産会社の電話番号が記されている。裕太はその看板を撮影した。

そして少し逡巡《しゅんじゅん》した後、思い切ってその番号に電話をした。数回の呼び出しで相手が出る。あまり若くない男性の声だった。

「あの……売地の看板を見たんですが」

住所を告げると、相手は明るい声で、

――良い物件ですよ。交通の便もいいわりにはお値打ちですし。

と、セールストークを始めた。それをひと通り聞いてから、裕太は尋ねた。

「あの、この土地はいつ空き地になったんですか」

――半月くらい前ですね。まだ買い手は付いてませんけど、これだけの物件ですから迷っていると先を越されますよ。

「前は家が建ってたんですか」

――え？　あ、はい。そうです。一軒家が建ってました。

「何という家ですか」

――え？　それは……どうでしたかねえ。いや、ご心配なく。問題のある物件なんかではありませんから。いたって健全な、優良な土地です。

どうやら事故物件と疑われていると思ったようだ。

「ここには立石ってひとの家があったんじゃないんですか」

誤解を解くのも面倒だし、単刀直入に訊《き》いてみた。

——どうしてそんなことを知りたいので？　以前に誰が住んでいたかなんて、土地の購入には関係ないですよ。

　相手の声のトーンが変わる。こちらを疑いはじめているようだ。向こうの誤解ではない。裕太はこの土地を買う気などないのだから。

「前にここに住んでたひとたち、今はどこにいるんでしょうか」

　かまわず更《さら》に突っ込んでみた。

——わかりませんよ。というか、お教えできませんね。あなた、本当に土地を購入するつもりがあるので？

「ないです。ただ、ここに住んでたひとのことが知りたいんです」

——もしかしてマスコミ？　それじゃあ、お答えできませんね。失礼。

　あっさりと電話が切られた。

　裕太はスマホを見つめる。もう一度電話をしてみるか。いや、きっと無視されるに違いない。あまりにストレートに訊きすぎた。もう少し戦略を練るべきだったか。

　ただ、成果がなかったわけではない。不動産屋は「もしかしてマスコミ？」と訊き返してきた。この土地の前の住人についてマスコミが取材をしてくると想定していたわけだ。

ここに立石セナの実家があったことは、確かだ。

裕太はもう一度スマホで空き地の撮影を始めた。

「もう、ここには何もありません。でもここに立石セナの実家があったことは間違いないと思います」

と、ナレーションをかぶせる。後で編集してYouTubeにアップするつもりだった。だが、これがどれだけ意味のあることなのかわからない。自分はここにセナの家があったことを確信しているが、動画を観た人間がそれを信じてくれるかどうかわからないのだ。ただの空き地を映して「ここにセナが住んでました」と言ったところで、まったくのガセと思われるかもしれない。信じてくれる視聴者がいたとしても、だから何なんだと言われたら、これも言葉の返しようがなかった。逆に芸能人だからといってプライベートを勝手に明かしていいものではないと批判を受ける可能性もある。下《へ》手《た》をすると炎上しかねない。

空き地に佇んだまま、裕太は考えた。近所の住人に「ここに住んでいた立石さんのことについて知りたい」と尋ねて回ることも考えたが、すぐに自分には無理だと思った。そんなことができるような度胸があるわけない。俺のコミュ障《しょう》は筋金入りだ。

惜しいネタではあるが、これ以上の掘り下げは難しいかもしれない。裕太は自分の家に戻ることにした。

帰り道で今度はチワワを散歩させている中年の女性とすれ違った。相手は裕太に会《え》釈《しゃく》して、微笑《ほほえ》んだ。どう反応していいのかわからず、裕太はぎこちなく通りすぎる。こちらのことを知っているような素振りだったが、誰だかわからない。このあたりで散歩しているのだから近所の人間なのだろうが、記憶にない。いや、そもそも近所にどんな人間が住んでいるのかほとんど知らなかった。でも相手はこちらのことを知っている。俺が引きこもりのニートだということも知っているのかもしれない。そう思うと、いたたまれない気持ちになる。身を縮めて家への道を急いだ。

玄関ドアを開ける前に郵便受けを覗《のぞ》いてみる。投げ込みチラシや母親宛《あて》のダイレクトメールに交じって自分に宛《あ》てられた封筒を見つけた。送り主は「中川中学校創立50周年記念事業連絡会」とある。ものものしい名前だ。

家に入り、他の郵便物はリビングに放り出すと、自分宛の封筒だけ持って自室に戻った。中身はＢ５の紙が一枚と封筒だった。三つ折りにされた紙を開いてみる。

名古屋市立中川中学校創立50周年記念式典およびパーティのご案内

拝啓　皆様にはますますご健勝のことと存じます。
さて　我々の母校である名古屋市立中川中学校は今年創立50周年を迎えることとなりました。
つきましては下記の日程にて記念式典およびパーティを計画いたしましたので皆様のご参加をお願いいたします。

へえ、と思わず声が洩《も》れた。あの学校、できてそんなに経つのか。裕太が卒業したのは二十二年前だったが、あの頃すでに三十年近い歴史があったということだ。

式典開場は名古屋駅近くにあるホールだ。子供の頃、親戚の結婚式で行った記憶がある。結構高級な雰囲気だったのを覚えている。今も高級なのだろう。式典参加費はひとり一万円とある。

裕太は鼻で笑った。そんな大金を払って、わざわざ出かけるような奴がいるのだろうか。いるんだろうな。成功した奴らが集まって出世自慢をするんだろう。俺にはまったく関わりのない世界だ。

封筒ごと丸め、そのままゴミ箱に捨てようとした。その直前、手が止まる。

成功した奴……たとえば、立石セナとか。

セナは来るだろうか。

もし彼女が来たら、昔いじめていたという連中と顔を合わせるかもしれない。その現場を撮影することができたら、間違いなくバズる動画になるだろう。そんなことが許されるとは思えないが。

でもその場の様子を語ることはできる。セナにひどいいじめをしていた連中が有名人となった彼女に対して何を言うか、どんな顔をするか、観察して報告することなら。

参加費はひとり一万円。かなりの出費だ。しかし……。

裕太は手にした返信用封筒を見つめていた。気持ちはほぼ、決まりかけていた。

3

長い引きこもり生活でも目立つほど体型は変わっていなかった。そのおかげで勤め人時代に買ったスーツがなんとか着られた。ワイシャツは簞笥《たんす》に掛けっぱなしにしてあった間に黄ばんでしまい使い物にならないので買い替えなければならなかったが。

問題はネクタイだった。ほとんど締めたことがなかったので結びかたが思い出せない。ネットで調べ鏡の前で奮闘し、なんとか形になるまで二十分近くかかってしまった。

　気が付くと時間ぎりぎりだった。慌てて家を出る。

　六月に入り暖かさを通り越して蒸し暑ささえ感じる中、バスと地下鉄を乗り継いで名古屋駅に到着したのは午後二時半。そこから歩いて十分ほどで会場のホールに着いた。エントランスに「名古屋市立中川中学校創立50周年記念式典」と表示されている。

　受付で名前を告げると「何期ですか」と尋ねられた。答えられずにいると「何年卒業ですか」と訊き直される。それでやっとリストの名前を確認してもらえ、「26期」と記されたネームプレートを渡された。

「名前はご自分で書いてください。書かなくても結構です」

　名前を明かすのは個人の意思で、ということだ。裕太は書かないことにした。

　50周年記念式典会場は二百人くらいが入れそうな広さがあった。折りたたみ椅子が整然と並ぶ向かいには金屏風《びょうぶ》を背負った演壇が配置されている。立石セナが姿を見せたらすぐわかるよう、裕太は後ろのほうに座った。

　会場はほぼ満員になった。定刻になると司会者が式典の開始を告げる。その後いきなり「これより国歌斉唱」と言われ君が代を歌わされた。裕太は唇を少し動かす程度で誤魔化《ごまか》した。

続けて現校長とＰＴＡ会長の挨拶《あいさつ》が続く。そうそう校長の話っていつもこんなだったなと思い出しながら当時と同じように聞き流す。続いて来賓《らいひん》として市長が壇上に立った。式次第に「来賓挨拶」と書かれているのを見て、ここで立石セナが出てくるのではないかと密《ひそ》かに期待した裕太は、市長の顔を何の感情も湧かずに眺めた。

祝電披露、生徒代表挨拶と続き、50周年記念として老朽化した校庭の時計塔の修復が決まったと報告された。修繕費はＯＢの寄付で賄《まかな》われるらしい。そういえば少し前に寄付金を要望する葉書が送られてきていた。嫌な思い出しかない時計塔なんていっそ撤去されてしまえばいいのにと思い、その葉書は捨ててしまったのだが。

「時計塔修復費用については、多くのＯＢの方々から尊《とうと》いカンパをいただきました」

司会者が感極まったような口調で報告する。

「特に39期卒業生であり、皆様もよくご存知でしょう女優の立石セナ様からは、特に多大なご寄付をいただきました」

会場から小さなどよめきが起きる。裕太も声を洩らしていた。

セナが？　あの時計塔の修復に寄付をした？　どうして？

「ここで立石様からのビデオメッセージを紹介させていただきます」

疑念に気を取られている裕太をよそに、司会者は言葉を続ける。金屏風の前に白いスクリーンが下りてくるとプロジェクタが映像を映し始めた。まず「立石セナより」という文字が表示され、すぐにスクリーンいっぱいにセナの上半身が映し出される。客席から歓声に近いどよめきが洩れた。

セナは赤いドレスを身に纏《まと》っていた。新聞に載っていた写真より髪色が明るくなっている。正面をしっかりと見て、口許《くちもと》に笑《え》みを浮かべていた。

裕太の心の奥にまた、疼《うず》くものがあった。記憶の痕跡というか、何かが思い出せそうで思い出せない、そんなもどかしさが胸を騒がせる。

──皆様、こんにちは。立石セナです。名古屋市立中川中学校創立五十周年、おめでとうございます。わたしも中川中学の卒業生として嬉しく思います。今日は本当は式典に伺いたかったのですが、撮影でパリにいます。こんな形でお話をさせていただく無礼をお許しください。

笑みを崩さないまま、彼女は話しはじめる。

──わたしは三十九期の卒業生です。すみません、先程教えていただきました。中川中学に在学していた頃は、こういうお仕事をするようになるとは想像もしていませんでした。でも文化祭でクラスの出し物としてお芝居を上演することになって、わたしは「ファウスト」のマルガレーテ役を演じさせていただきました。あれがわたしにとってお芝居をする最初の体験だったと思います。そこから現在まで繋がっていると思うと、やはり中川中学での三年間は大事な体験の場だったのだと思います。

——創立五十周年にあたりわたしにも何かできないかと考えておりましたが、時計塔修復のための寄付を募っていることを知り、是非とも協力したいと思い、些少《さしょう》ではありますが寄付をさせていただきました。修復が無事に完了しましたら、是非とも母校に伺ってその姿を見てみたいと思っております。その日が来るのを心待ちにしております。本日はありがとうございました。

セナが一礼して画面から消えると、参列者はスクリーンに向かって拍手した。裕太もおざなりに手を叩く。きれいな声だと思った。滑舌《かつぜつ》もよく聞き取りやすい。それでいてかすかに鼓膜を引っ掻くようなノイズが感じられ、それが魅力にもなっていた。これが金の取れるプロの声というものなのかと感心する。

押し殺した心の疼きは、気がつくと消えていた。

「これをもちまして名古屋市立中川中学校創立50周年記念式典を終了いたします。引き続き隣室にて祝賀パーティを催したく思います。皆様お移りください」

司会者の指示で参列者は隣室へと移動する。そこには立食パーティの準備が整っていた。ウエイターに差し出された飲み物の中から烏龍茶《ウーロンチャ》を選び会場の片隅のテーブル前に陣取る。男性はスーツ、女性もフォーマルな衣服が多いが、中にはTシャツにジーンズというラフな格好をした者もいた。無理してスーツを着てくる必要もなかったかもしれない、と裕太は少しだけ後悔した。

ブレザー姿の中学生も何人かいる。在校生だろうか。裕太が通っていた頃の制服とはデザインが違っていた。みんな物珍しそうにあたりを窺《うかが》っている。こんな場所に来たのが初めてなのだろう。そういう裕太自身、立食パーティというのはほとんど経験がない。前に勤めていた会社がやはり創立記念とかで小さなレストランを借り切ってパーティをしたことがあって、それに無理矢理出席させられたときくらいだろうか。そう、あれは無理矢理だった。社長の命令で全社員が出席させられたのだ。並んだ食べ物も貧相なものばかりで、社長の長話の間にサンドイッチのパンはかさかさに乾いていった。

今日のテーブルにもサンドイッチが並べられている。裕太は烏龍茶をちびちび飲みながら料理のテーブルを眺めていた。

先程の司会者が壇上に上がり、あらためて式典出席の礼を言い、乾杯の発声を卒業生で市会議員の某氏にお願いすると告げる。交替で壇上に立った某氏は「こういうときに長話をすると嫌われますので簡単に」と言い置いて五分ほど市議会における自分

の地位と業績について語り「では皆さんのグラスがぬるくならないうちに乾杯とまい
りましょう」とグラスを掲げ「乾杯」と言った。会場からまばらな「乾杯」の発声が返る。裕太は何も言わずにグラスに口を付けた。烏龍茶はぬるくなっていた。

そして歓談。にぎやかな会話があちこちで始まる。裕太はすかさず食事の並ぶテーブルに向い、皿を手に取って適当に料理を盛っていく。鮭のクリーム煮、チキンのマリネ、豚肉のロースト、白身魚のポワレ。どれも食べ慣れていないものばかりだ。そもそも自分で皿に盛って立ったまま食べるというビュッフェ形式に慣れていない。割り箸《ばし》を取ろうとして烏龍茶のグラスをどうすればいいのかわからず戸惑う。すかさずウエイトレスがやってきて空いているテーブルに料理の皿を持っていってくれたが、相手のこなれた仕種《しぐさ》にも戸惑ってしまう。

駄目だ。こういうの、合わない。セナが来てないのならわざわざ出席することもなかった。早々に退散したいが、それでは参加費が損になってしまう。せめて腹いっぱい食べて帰ろう。そう心に決めて料理を口に運んだ。

「あのセナがねえ……」

近くで声が聞こえた。振り向くと女性が三人集まって喋っている。裕太よりは若い。大学生くらいだろうか。三人とも着飾っている。

「あの子、愛校心なんてあったかな?」

「この学校、嫌ってたよね、むしろ」

「ああ、時計塔に」

「あんな目に遭ってたし」

「そうそう。あれ、警察沙汰になったっけ?」

「なってないなってない。学校が揉《も》み消したはず」

「そうだっけ?」

裕太は思わず聞き耳を立てる。年齢と話の内容からすると、セナの同級生らしい。

彼女たちならセナの情報を何か聞き出せるかもしれない。

「あの時計塔、わざわざ修復するんだね。あれだけ生徒たちが悪さしてたのに」

「セナのことだけじゃないものね。悪ふざけで教室の窓から飛び移ったりする生徒もいて、先生ずいぶん怒ってたし」

「ああ、いたね。肝試《きもだめ》しだって」

さりげなさを装って喋りつづける彼女たちに近付いた。しかし話題は脈絡なく現在のことに移っている。

「結局あんた、前に言ってた彼氏と今でも付き合ってるの? 結婚とかどうするつもり？」

「……どうかなあ」

「あんたはどう思ってるの？」

「どうかなあ」

「なによ、煮え切らないなあ」

そういう話を聞きたいんじゃない、と声をあげたくなる。できれば声をかけてセナの話を聞きたいところだ。そのために準備も心づもりもしてきた。だが、どうしてもそれができない。見知らぬ相手に声をかけて質問するようなことなどできる気がしなかった。くそっ。裕太は心の中で自分を罵《ののし》る。勇気を出せよ。突撃しろ。いやだ。別の自分が拒絶する。そんなことできるわけが――。

「中村？　中村か」

不意に声をかけられた。顔をあげると背の高い男が目の前に立っていた。その顔を見た瞬間、声が出た。

「タフマン、か」

「その渾名《あだな》で呼ばれたの、久しぶりだ」

男は白い歯を見せて笑った。

タフマン——本名は桑原琢磨《くわばらたくま》。中学三年間を通じてバスケ部のエースだった男だ。向かってくる相手選手を吹き飛ばすようなパワープレイを得意とし、桁外れの持久力を誇っていた。だから名前の「タクマ」とかけてタフマンと呼ばれていたのだ。

裕太も彼に合わせて笑おうとした。しかし口許が強張《こわば》ってうまく笑えなかった。

「元気だったか、おい」

肩を叩かれ、さらに笑みが歪《ゆが》む。

「あ、ああ……」

厄介《やっかい》なのに見つけられた。適当にやりすごさなければ。

「桑原、今日は、何しに来たの？」

「何しにって、母校の創立五十周年を祝いに来たに決まってるだろ。おまえだってそうだろ？」

「まあ、ね」

「しかし久しぶりだなあ。卒業以来か」

「そうだ、な。元気だった？」

「元気元気。今でも元気の塊さ」

この時期ではまだ早いと思われる半袖のポロシャツから伸びる太い腕を曲げ、力こぶを露《あらわ》にして見せる。

「知ってるか。俺、今は中川中学の教師やってるんだ」

「そうなの？　体育？」

「もちろん」

だろうなと思った。中学の体育教師なんて、彼にはうってつけの仕事だ。

「おまえはどう？　何の仕事してるんだ？」

「俺は……」

引きこもりニート、とは言いにくい。適当に誤魔化そうと思ったが、咄嗟《とっさ》に嘘が出てこない。思いついたのは、胸ポケットに入れている名刺入れだ。

追いつめられた気分で、名刺を一枚取り出す。もしもこの場で立石セナ本人や彼女についての情報を持つ者に会えたら話を聞けるよう、家のプリンタで急遽《きゅうきょ》印刷したものだった。名前とメールアドレスと肩書だけ。肩書は考えた末に付けた。これが取材のための「準備」だった。

桑原はそれをまじまじと見つめる。

「ライター……何か書いてるのか」

「ああ、ネットとかに記事を」

正確にはYouTubeで動画を配信しているだけだが。しかしそれを聞いて桑原は眼を輝かせる。

「すげえな。おまえならそういう仕事、向いてるだろうな。あの頃から頭、良かったもんな」

屈託なく言われ、裕太は当惑する。同時に、ああこいつ中学時代から全然変わってないな、とも思った。

男女の区別なくモテまくっていたバスケ部のエースと誰ひとり友達がいなかった非リア充の裕太。まったく縁のなさそうなふたりが交流を持つことになったのは、中学二年のとき席が隣になったからだった。

桑原は体育会系男子の常として学業より練習を優先していて、その結果試験では赤点を連取するような状況だった。

頼むから、と彼に頭を下げられたのは二学期の中間テスト前だったか。次のテストではもう落とせない。だから勉強を教えてくれ、と言われた。断る余地もない勢いだった。それで結局、彼の臨時家庭教師みたいなことをする羽目になった。桑原のおごりでファミレスに籠《こ》もり、教科書を開いて一から教えた。幸いだったのは桑原の地《じ》頭《あたま》がそれほど悪くなかったことで、教えれば教えただけ吸収できる力があった。つまり授業をまともに聞いていなかっただけのことだ。だが彼は裕太の教えかたが上手《うま》いと絶賛した。おまえが教えてくれるとすいすい頭に入ってくよ、と。実際、中間テストでは赤点を取らずに済んだ。裕太は桑原に大いに感謝された。大事な勉強の時間を俺に使ってくれて申しわけない。一生恩に着ると言われ、面映《おもは》ゆかった。裕太自身、彼に教えることで頭の整理ができて勉強が捗《はかど》り成績がアップしたのだから損はしていないのだが。

そんな経緯でふたりは親友とまでは呼べないものの、残りの中学生活を懇意に過ごしたのだった。

その頃の裕太を見るのと同じ目付きで、桑原はこちらを見ている。

「中村も教師になればよかったのに。おまえなら絶対いい先生になれるぞ」

「それはどうかなあ……」

曖昧《あいまい》に笑って見せた。教師になるなんて選択肢、考えたこともなかった。桑原に教えたのは成り行きで、本来は他人にものを教えるような人間ではないと思っている。

「それで、どんなもの書いてるんだ？　直木賞とか本屋大賞とか獲《と》るのか」

「いや、そういうのじゃなくて……」

意気込んで尋ねてくる桑原に裕太は辟易《へきえき》しながら答える。

「その、ネット関係の……評論みたいなものかな」

「評論！　評論家ってやつか。テレビでコメンテーターやってるひとだろ。すごいな」

桑原はひとりで勝手に盛り上がっている。どうやら彼の中での「ライター」というものについての認識は、かなり狭くて偏《かたよ》っているようだった。

「桑原先輩！　桑原さん！」

声がかかった。桑原はそちらに顔を向ける。

「おお！　来てたのか」

手を振りながら歩み寄っていったのは、セナの話をしていた三人の女性たちだった。

「久しぶり！　元気だったか」

「元気ですよお。先輩は？　学校でちゃんと先生してます？　不祥事起こしてませんん？」

「当たり前だろ。俺は民主的な教師だ。ハラスメントなんかしてないぞ」

「まあ、先輩が子供を殴《なぐ》ったりイタズラしたりするとは思えませんけどね」

「でも、言葉で傷つけることはありそう。先輩、デリカシーないし」

「ひでえ言いかただな。おまえのほうこそデリカシーないぞ」

ざっくばらんな態度で話している桑原と女性たちを、裕太は距離を置いて見ていた。学年が離れているのに、随分と親しい間柄のように見える。いや、桑原ならさして親しくなくてもあれくらいの距離感で人と接するのが常だ。自分には決して真似のできないことだが。

「おい、中村」

その桑原がこちらを手招きした。歩み寄ったら、いきなり肩を抱かれた。

「こいつ、俺の親友」

そう言って裕太の肩を揺する。親友？　何それ？

「でもって、こいつライターやってるんだって。すごいだろ」

「へえ」

女性たちが感心したように声を洩らす。その中のひとりが、

「どんなものを書いてるんですか」

と、訊いてきた。先程、彼氏と結婚するのかどうかと追及されていたほうの女性だ。白いブラウスに淡い紫のストールを巻いている。

「あ……その、ネット関係の記事、とかですね」

かろうじて返事をする。

「ウェブで書いてるんですか」

「そう、です。いろいろと」

「ほれ、名刺もらっちゃった」

桑原が先程渡した名刺をひらひらさせる。そこでやっと本来の使いかたを思い出し、名刺入れを取り出し、三人に手渡した。向こうは名刺を持っていなかった。その代わりに桑原が紹介してくれた。

「田岡《たおか》麻衣《まい》、二宮《にのみや》結月《ゆづき》、坂崎《さかざき》華菜《かな》。三人とも元バスケ部」

なるほど、部活の先輩後輩だったか。

「今はどんなものを書いてるんですか」

二宮結月に尋ねられた。パステルピンクのワンピースを着た清楚《せいそ》な印象の女性だった。裕太は咄嗟のことで受け答えができない。

「あ……その、セナ……」

「え？　セナって、立石セナ？」

「あ、その……」

追いつめられた。逃げ出したい。しかし一方で、これこそがチャンスだという気もしている。さっきまでこの三人に話を聞きたいと思っていたではないか。二度とない機会だ。

「……できれば、学生時代の彼女のこととか、書きたいなと」

「そりゃちょうどいい。この子たち、立石セナの同級生だぞ。な？」

「まあ、ね」

坂崎華菜が意味ありげに答えた。ライトグレイのセットアップを着ている。彼女は続けて言った。

「麻衣なんてセナの親友だったもんね」

「そういう嘘を言わないで。親友なんて、そんな関係じゃなかったから」

田岡麻衣は大袈裟《おおげさ》に首を振る。

「でもセナとカラオケ行ったんでしょ？」

二宮結月が突っ込むと、田岡麻衣は顔の前で手を振って、

「一回だけだって。わたしも彼女もカラオケ行ったことなくて、だから一緒に行ってみようって。それだけ」

「何歌ったんだっけ？　あの頃だったら『ヘビーローテーション』とか？」

「わたしはね。セナはたしか『スメルズ・ライク・ティーン・スピリット』だったかな」

「え？　ニルヴァーナ？　そういう子だったの？」

「完璧に歌いこなしてた。ちょっと引いた」

「それは引くね」

三人は笑う。

「ニルバーナ？　アイドルか」

桑原が混ぜ返す。

「アメリカのロックバンドだよ。グランジの」

咄嗟に裕太が説明する。桑原は首を傾《かし》げて、

「グランジって？」

と、訊き返してくる。余計な言葉を付け加えるんじゃなかったと後悔しながら、裕太は言った。

「当時としては新しい音楽をやってたってこと」

「中村さん、音楽も詳しいの？　さすがですね」

二宮に感心された。

「だろ？　中村はすごいんだ」

桑原が自分のことのように自慢する。

「君たち、こいつの取材に協力してやってよ。立石セナのことで何か特ダネ持ってない？」

「特ダネって言っても……ほんと、そんなに親しかったわけじゃないんですよ」

田岡麻衣が言い訳のように言った。

「あの、知っていることだけでいいです。教えてくれませんか」

覚悟を決めて、裕太はそう問いかけた。

「中学のとき、セナさんってどんな子でした？」

「どんな子って……うーん……」

田岡が宙を見上げて考え込む。

「あんまり、印象なかったかなあ」

「でもさ、まさかあの子が女優になるなんて思わなかったよね」

坂崎が言う。

「そうそう。全然予想してなかった」

二宮も同意する。

「たしかにきれいな顔してたけど、でもねえ」

「そういうタイプじゃなかったよね」

「そうそう。地味で大人しくて。陰キャだったかな」

「成績は良かったけど、運動はあんまりできなかったし」

「運動神経悪そうだったものね。でもさ、この前観たドラマでダンス踊ってたよ。すごく上手だった。あれ意外」

「練習したんだろうね。プロだから」

「そういうところはすごいよねえ」

三人の話題は今のセナに移っていこうとする。

「でもさっきのビデオではセナさん、文化祭でお芝居をしたって言ってましたよね。ってことはそのときから演技の素養はあったってことじゃないんですか」

話を彼女の過去に戻して尋ねてみると、

「ああ、あのお芝居ね」

田岡が苦笑を浮かべる。

「あれは担任の神山《かみやま》がひとりで張り切ってやったんだよね」

「ああ、神山ね」

二宮も頷《うなず》く。

「大学時代に演劇サークルやってたとかで、妙にやる気出してたよね。自分で台本書いて生徒たちに演技させて。でもあれ、大失敗だったんじゃない？」

「酷《ひど》かったよね、ほんと」

坂崎が大仰《おおぎょう》に声をあげる。

「わたしなんてジュリエットやらされて、おまけにアクションまでさせられて」

「ジュリエットって『ロミオとジュリエット』のジュリエットですか。でもセナさんは『ファウスト』のマルガレーテをやったって言ってましたけど」

「そう。他にダンテの『神曲』のベアトリーチェと『南総里見八犬伝』の伏姫《ふせひめ》と『紅楼夢』の林黛玉《りんたいぎょく》が出てきて、古典文学五大ヒロインがチームを組んで氷の女王と戦うって話」

「なんだそれ？」

桑原が呆《あき》れたように、

「文化祭だからってふざけすぎてないか。ベアなんとかとか聞いたことないぞ」

と、少し的《まと》の外れたことを言う。

「俺たちのときの文化祭なんて、お化け屋敷だったもんな。俺はドラキュラやって、たしか中村がミイラ男やって体中に包帯巻いて。な？」

「……そんなことも、あったかな。それよりもこの前、セナさんがインタビューに答えてる記事を新聞で読んだんですけど」

少し強引かと思いつつ、裕太は話題を変えて女性たちに尋ねた。

「セナさん、中学の頃にいじめを受けていたと言ってたんですが、本当ですか」

裕太の問いかけに、三人は顔を見合わせる。

「ああ……」

「まあ……」

「うん……」

三人とも躊躇《ためら》っているような表情だった。

ここで退《ひ》いてはいけない。頑張るんだ、と自分を叱咤《しった》して、裕太は質問を続けた。

「本人が新聞で話してるくらいだから、隠さなきゃいけないことではないと思います。何か知っているのなら、教えてください」

「そうだけど……直接見たわけじゃないし……」

言いにくそうにしている二宮に、裕太は尋ねた。

「校庭の時計塔に縛りつけられたことがあるんですよね？　そのことも記事に書いてありました」

「あ、そのこと、自分で言っちゃってるの？　だったら隠すこともないね。そう、夜中に学校に呼びつけられて、それで時計塔の支柱に縛りつけられて」

「おい、それって、おまえと同じじゃないか」

桑原が口を挟む。そして三人の女性に説明した。

「いや、この中村も、それ、やられたんだよ」

「え？　そうなの？」

坂崎が眼を丸くする。

「セナの他にあれをやられたひとがいたんだ」

「俺が聞いたかぎりじゃ、何年かに一度は縛りつけられる奴がいるらしい。我が校の伝統だな」

桑原は自慢げに言う。そして裕太に向かって、

「おまえが栄えある初代縛られ王らしいがな」

「やっぱり俺が最初にやられたのか」

「伝統は今に伝えられている。俺の在任中にはまだ継承者は出てないけど」

そう言って彼は笑った。裕太は笑えなかったが、無理して口角を上げて見せた。今日ここに自分を縛りつけた連中が来ていたらと不意に思い、その作り笑みもあっさり消えた。

そのとき、思いついたことがあった。裕太は三人の後輩たちに尋ねてみる。

「セナさんを縛りつけたのって、誰？」

もしもセナをいじめていた者がこの場にいたら、話を聞いてみたいと思ったのだ。あなたがいじめていたセナが有名になってあなたのやったことを新聞に暴露していたけど、それについて今どう思ってる？　謝罪とか反省とかあるの？　とか。自分をいじめていた連中にはそんな問いかけができる気がしないが、他人のセナに同じことをしていた奴には、その質問をぶつけられそうな気がした。場合によってはスマホで動画を撮ったり音声を録音するなりして、YouTubeに流してもいい。「立石セナに壮絶ないじめをしていた奴に凸《とつ》してみた」とかタイトルを付けて……。

「誰って……あの子たちだよね」

裕太の質問に、田岡は二宮に眼を向ける。

「わたしに訊《き》かないでよ」

二宮は小さく首を振った。田岡がさらに、

「だって結月、彼女と幼馴染《おさなな じ》みだったでしょ？」

と尋ねると、

「幼稚園が同じだったってだけ。友達ってほどでもなかったから」

二宮は言い訳する。

「彼女って、誰だ？」

桑原が訊くと、二宮は少し間を置いて、

「本永七海《もとながななみ》。桑原先輩も知ってるでしょ？」

「もとなが……ああ。あの子か」

桑原の表情が翳《かげ》った。

「知り合い？　その子もバスケ部だったの？」

裕太が尋ねると、

「そうじゃないんだが……」

と、口を濁《にご》す。桑原にしては珍しい態度だった。

「死んだの」

不意に、二宮が言った。意味がすぐに理解できなかった。

「死んだって、誰が？」

「だから七海が。自殺」

「え……」

「自殺したの。飛び降りて」

「どこで？　いつ？」

「去年。中村先輩は知らないかな？　ニュースにもなったんだけど。中川中学の校舎から飛び降りて」

「……あ」

記憶が甦《よみがえ》った。たしか、そんな事件があった。

「夜中に学校に忍び込んだらしくてな。うちの校舎、あの頃ちょっとセキュリティが甘かったから入れちゃったんだ。今はそんなことないけど」

桑原が説明する。

「あのときは警察が大勢来て大騒ぎだったな。全然関係ない俺まで話を聞かれたくらいだ」

「どうして自殺なんかしたんだ？」

「知らんよ。警察が調べて自殺ってことがわかって、それきりだからな。失恋か鬱《うつ》か借金か、まあいろいろあったんじゃないのかな。知らないけどさ」

死んでしまったのなら、凸することもできないか。裕太は少し落胆する。そして、あらためて尋ねてみた。

「さっき、『あの子たち』って言ってたよね？　セナさんをいじめてたのは他にもいたってこと？」

「そう。あの子たち、三人のグループだったたな」

田岡は答える。

「本永七海と、広浜優美《ひろはまゆみ》と、それから――」

「広浜!?」

また桑原が話を遮る。

「広浜優美って言ったな、今」

「そうだけど……どうかした？」

田岡が訊き返すと、桑原は硬い顔付きで、言った。

「その子も、死んでる」

4

裕太の父は六十三歳。大学卒業後に入社した食品会社に定年まで勤め、退職後は嘱託《しょくたく》として今でも働いている。無口で真面目《まじめ》で仕事一筋、と言えば聞こえがいいが、裕太から見れば仕事以外のことは何もできず、家族のことからも家のことからも眼を背けて生きている無趣味のつまらない人間だった。

母は六十歳。こちらはずっと小学校の教員をしている。そろそろ定年のはずだったが、最近公務員の定年が引き上げられたとかで、まだ仕事を続けるつもりでいるらしい。仕事柄なのか教育熱心で、幼稚園に通っていた頃から裕太を習い事や塾に通わせた。裕太は一度として自主的に何かを習おうとか学ぼうとか思ったことはなかった。ずっと母親の言うままだった。そして何ひとつ身に付かなかった。勉強することへの忌避《きひ》感だけが強く心に染みついた。それでも成績は悪くなかったが、学校に親しみを感じたことはない。

最近よく思う。本来なら学生時代に引きこもりになっていてもおかしくなかった。むしろならなかったのが奇跡なくらいだ。そのかわり、もっと歳《とし》を取ってから発症してしまったのだが。

裕太が自室に引きこもるようになったとき、両親は表面上冷静にしていた。話したいことがあったら何でも聞くから、という態度を示した後、ほぼ放任した。優しく接するというより事を荒立てたくないからだろうと裕太は考えている。下手に引きこもり生活を止《や》めさせようとして家庭内暴力を起こされては困るとでも懸念したのか。

裕太が世間から自分をシャットダウンして部屋に引き籠《こ》もりはじめたきっかけが何

なのか、両親は知っている。あの日からだ。

正確にはあの日の出来事を警察に陳述しに行って帰ってきた日からだ。

裕太はパソコンの自分で撮影した動画をまとめているフォルダを開いた。その中に今年の一月に作成したものがある。それをクリックして再生した。

いつものように茫洋《ぼうよう》とした顔の自分がディスプレイに映し出される。俯《うつむ》き、横を向き、言いにくそうに口許を引き締めたり緩めたりしている。我ながらもどかしい仕種《しぐさ》だ。三十秒ほどそうしてから、やっと語りだした。

――えー、今日は大事な話をしたいと思います。いつも大事な話をしてなかったんかいって感じだけど、まあ、そういうのとは違って……その、俺がこうなってしまった……つまり、引き籠もらざるを得なくなった、ある事件について話したいと……あー、思います。みんな知ってるかもしれないけど――

動画を停止させた。これ以上、見ていられない。閉じた動画ファイルをマウスで右クリックする。「削除」にカーソルを合わせ……また指が止まった。

あきれる。未完成の動画を観直すこともできない。思いきって削除することもできない。何もかもが中途半端だ。こんな気持ちのまま、ずるずると自分の部屋に引き籠もってしまっている。何かを変えないと一生この泥沼から抜け出せそうにない。なんとかしなければ。なんとか……。

昨日のパーティ参加は、その一歩になるのだろうか。何年ぶりかで多くの人間の中に飛び込み、思わぬ出会いも再会もあった。

そして、意外な話も聞かされた。

あれは、本当のことなのだろうか……。


「その子も、死んでる」

パーティの席で桑原が言ったとき、裕太は世界がぐにゃりと歪《ゆが》んだように感じた。

「え？　広浜優美が死んだの？」

田岡麻衣が声をあげた。他のテーブルにいた者たちがこちらに視線を向けるほどの音量だった。

「ああ」

桑原が暗い表情で頷《うなず》く。

「広浜の妹がやっぱり中川中学に通っていて、俺が担任してた。去年だったかな、その妹から死んだって聞かされた」

「どうして……どうして死んだの？」

二宮結月が震《ふる》える声で尋ねる。

「駅のホームから転落した。そこに電車がやってきて――」

「やだ」

坂崎華菜が口許に手を当てる。

「即死だったそうだ」

桑原が付け加えた。

「事故、だったのか」

裕太が尋ねると、彼は首を振る。

「わからんよ。そんなこと妹には訊けなかったからな。後で新聞の記事を探して読んでみたけど『警察が原因を調べている』としか書かれてなかった。本当のところは、どうだったんだろうな」

重い空気が場を支配した。そのテーブルにいる者は皆、暗い顔をしている。自分もそうなのだろうと裕太は思った。

セナをいじめていた三人組のうち、ふたりが死んでいる。ということは……。

「……もうひとりは？」

「え？」

「本永七海と広浜優美、セナさんをいじめてた人間は、もうひとりいたんだよね。誰？」

「それは……」

裕太の問いかけに言葉を途切れさせたまま、田岡は周囲を見回す。その人物がこの場にいないか確かめているかのようだった。

「葛山晴香《くずやまはるか》って子」

代わりに坂崎が言った。田岡がぎょっとしたような表情になる。

「隠すようなことでもないでしょ」

坂崎が反発するように言うと、田岡は黙り込む。

「あの三人、いつも一緒だったから。わたしたちみたいに」

「今日は、ここに来てるかな？」

裕太が尋ねると、

「わからない。今日は見てないけど、いるかもしれない。生きてたらね」

生きてたら……。

「まさか、あの子まで死んでるって？」

怯《おび》えた声で言ったのは、二宮だった。坂崎は反発するように、

「知らないわよ。まさかって思うけど」

と、言い返した。そして意味ありげに、

「でも、もしかしたら、ね」

と、言った。


パーティで得られた情報を、裕太は抱えきれない荷物のように扱いかねていた。どうしたらいいのか。どう考えたらいいのか。どう行動するべきなのか……。

考えても頭が回らない。ひどく疲れている気がする。多分、慣れないことをしたせいだ。

引きこもりといっても一日中ずっと部屋から出ないというわけではない。コンビニにはちょくちょく行くし、電車に乗って買い物にも行く。親が口座に振り込んでくれる小遣いの範囲内で経済活動をしているのだ。ネットで引きこもりをしている他の人間のツイートやYouTubeの投稿を見ても、似たりよったりの生活をしているようだ。

それでも先日のパーティ参加はイレギュラーな行動だった。あんなに大勢の人間の中に交ざって会話をするなんて経験は久しぶりだ。

それもあって、翌日になっても疲れ果てている。ベッドから起き上がるのも億劫《おっくう》だった。

どうしたらいいのだろう、と考えはまた最初に戻る。セナをいじめていた連中が立て続けに死んだ。それは偶然のことなのか。それとも……。

セナが復讐《ふくしゅう》したのか。

思いついた可能性に、裕太は思わず起き上がる。まさか。いくらなんでもそんな極端なことをするはずがない。でも……。

いじめられていた者が後にいじめていた者に復讐する、というのはフィクションならよくあるものだ。しかし現実でそんなことが本当にあるだろうか。

中学時代どれだけいじめられていたとしても、今のセナは成功者だ。もしも復讐をしたいのなら、あのパーティに出席して自分の姿を見せつけるだけでいい。そして彼女たちに言ってやるのだ。あのときはいろいろとお世話になりましたね、と。

もしも自分がセナの立場なら、そうするだろう。それだけでいじめていた連中は屈辱を味わうか、いじめていたことも忘れて追従《ついしょう》笑いを浮かべる。その表情を見るだけで溜飲《りゅういん》が下がるはずだ。なのに殺したりしたら、自分が犯罪者になってしまう。これまでのキャリアも名声も全部吹き飛んでしまうのだ。冷静に考えて、そんなリスクを冒すはずがない。

そう、冷静に考えれば。

ここで裕太の考えは立ち止まる。もしもセナがこの件に関して冷静でなかったとしたら。自分の将来を棒に振ってでも復讐を果たしたいと考えたなら。

セナは、やったかもしれない。

立石セナは、人殺しなのかもしれない。

裕太はパソコンの前に座った。月額料金の安さで入っているAmazonプライムで「立石セナ」を検索すると、多くの映画やドラマが出てきた。その中から一本の映画を選んで観てみた。彼女の映画デビュー作で、高校生が部活でMCバトルをするという内容だった。この頃のセナは実際に高校生だったのだろう。まだあどけない顔付きだが演技力はしっかりしていて、ラップをするシーンでもかなりの迫力だった。

やっぱりスタアだな、と裕太は思う。デビュー間もない頃からこれだけの存在感を見せていたのだ。そして今ではテレビドラマ、映画、舞台にCMと活躍し、押しも押されもしないトップ女優のひとりとなっている。

こんな圧倒的存在に向かって、自分は何かしらできると思っていたのか。何者でもない自分が。裕太は自身の無謀さに呆《あき》れた。犯罪的行為も平気でやってのける迷惑系ユーチューバーなら、物怖《ものお》じせずに凸《とつ》していったかもしれない。しかし自分にはそんなクソ度胸もありはしない。せいぜい「立石セナと〝おな中〟なんでワンチャン会えるかと期待して創立記念パーティに凸したんですけど……会えませんでしたあ！（チーン）」みたいな動画を一本あげるくらいしかできない。ましてや「セナをいじめていた同級生たちが次々と謎の死を遂げている！　今回はその謎に迫ってみたいと思います！」なんて動画をアップするだけの勇気など持ち合わせていない。やっぱり自分には無理なのだ。

苦甘い自己嫌悪に浸りながら、裕太は映画を観つづける。物語は二転三転し、セナが演じる女子高生は暗黒街のボスみたいなラッパーとMCバトルをしなければならなくなる。そして現れたのは体重百キロは超えていそうな巨漢。目付きは鋭く歯には金色のグリルズを被《かぶ》せ、首筋や両腕にはタトゥーがびっしり刻まれている。そんな相手を前に、セナは一瞬立ちすくむ。

その表情……。

裕太は無意識に眼を見開く。まただ。またあの感覚に襲われた。

セナの顔を見るとき、ときどき訪れるあの異様な感覚。やっぱり既視感？　いや、それだけではない。一瞬襲ってくるあれは、息が詰まるような切迫感だ。それはかつて経験したことのあるものだった。しかしそれがいつどこでなのか、思い出せない。

裕太は一旦動画を停めた。椅子の背凭《せもた》れに背中を預け、天井を見上げる。

なんなのだろう、これは。

自分でも説明のできない心の揺れを、裕太は持て余していた。

ペットボトルの緑茶で喉を湿らせ、大きく呼吸してから再生ボタンをクリックする。続けて観たら、何かわかるかもしれない。

セナが演じる女子高生は怪物のようなラッパーに怯《ひる》みながらも、果敢に挑戦していった。その迫力は周囲を圧倒するほどで、それまで語られてきた彼女の孤独や家族と友人たちへの思いが奔流《ほんりゅう》のように溢《あふ》れだしていく。その迫力に圧《お》された怪物ラッパーは彼女の才能と熱意を認める。そしてハッピーエンド。

有名なバンドの歌が流れるエンドロールを観ながら、裕太は小さく息をつく。つまらなくはなかった。いかにも予算のなさそうな画《え》作りと蛇足にしか思えない恋愛要素が鼻についたが、それでも最後まで興味を切らさずに観ることができた。悪い映画ではなかったと思う。この作品でセナが注目を浴びたというのも、納得できないこともない。たしかにこの映画での彼女は魅力的だった。どこにでもいるようで、しかし唯一無二の存在感を醸《かも》しだしている。

しかし最後まで観ても自分がセナに感じる奇妙な感覚の理由は、わからなかった。

わかったのは、立石セナは自分には到底手を出すことも叶《かな》わない遠い世界の存在だということだ。

そんなセナのことをこれ以上追及することは、コネもツテもない自分には不可能なことだった。

ちょっと夢を見てしまったな。裕太は自分を笑う。セナと同じ中学の卒業生だというだけで、彼女の過去について調べようなんて身の程をわきまえないにも程がある。やはり俺は身の丈にあった動画配信を続けるか、あるいはきっぱりとやめて今後の自分のことを考え直すべきなのだ。いつまでも引きこもりをしているわけにもいかない。いずれ両親も老いて、いなくなる。そのとき自分はどうなるか。真剣に考えるべきだ。もっと、ちゃんとしなければ。考えるだけで行動には移さないかもしれないけど。と、すぐに自分に突っ込みを入れてしまう。いや、これは予防線だ。結局何もしないままでいることを自分に許そうとしている。

クズだ。

自分に唾《つば》を吐きたくなる気分になる。溜息《ためいき》しか出ない。ならばと意識して大きな溜息をついてみた。

そのとき、スマホが鳴った。耳慣れない音だった。

手にしてみると、LINEの着信だった。LINEで連絡を取り合うような間柄の人間などいなかったので、着信音も聞いたことがなかったのだ。

一体誰が、とアプリを開いてみる。メッセージを送ってきたのは、桑原だった。

ああ、と裕太は納得する。そういえばあのパーティの席でLINEの交換をしたんだっけ。桑原から強く請われたのだった。彼はあの場にいた三人の女性とも交換していたようだ。気軽にそういうことができる人間なのだろう。しかし裕太にとっては、ポイント目当てで登録した近くのドラッグストアの公式アカウント以外の最初の「友達」だった。

LINEの画面を開いてみると写真が表示された。桑原と三人の女性の間に立っている自分が写っていた。あのパーティ会場で撮影したものだ。写され慣れしているらしい女性たちと満面の笑みでピースサインを作っている桑原。裕太はまったくの無表情で写っていた。

〝この前の写真を送ります　よく撮れてるよね〟

写真の下にメッセージがある。たしかに桑原はよく撮れているだろう。しかし自分はひとりだけ履歴書に貼り付ける写真みたいだった。

こんなの要らないのに。そう思ったがお礼は送っておくべきだろう。〝ありがとう楽しかったです〟と打ち込んでから少し考え、〝楽しかったです〟の部分は削除して送信した。〝ありがとう〟だけでは素っ気ないが、心にもない言葉を送りたくなかった。

写真も削除してしまいたかったが、すぐにゴミ箱に入れてしまうのも躊躇《ためら》われた。このままアプリを閉じて二度と見ないようにしてしまおう。そう決めて指を画面に当てて上にスライドしようとしたとき、またも桑原からメッセージが送られてきた。

〝おまえの後ろ　見ろ〟

思わず後ろを振り返る。部屋の壁があるだけだった。単純な悪戯《いたずら》に乗せられた自分が馬鹿に思えた。怒りに任せて〝何もないぞ　この部屋には俺ひとりだ〟とメッセージを返す。すかさず桑原からも返ってきた。

〝部屋じゃない　さっき送った写真だ〟

言われてあらためて自分の写っている写真を見る。やはり無表情で面白味のない顔でしかない。桑原の奴、一体何が言いたいのか。

そのとき、気が付いた。自分の後ろを横切ろうとしている人物が写っている。鮮やかな黄色のジャケットを着たショートヘアの女性だ。横顔は確認できるが、記憶にはない顔立ちだった。髪形だけならセナによく似ている。

〝この女のことか？〟とメッセージで尋ねると、すぐに返事が来た。

〝そうだ　それが葛山晴香だ〟

葛山晴香……セナをいじめていたという三人の同級生のひとり。

〝本当か？〟

〝この写真を送ったら坂崎が教えてくれた　パーティのときには見つけられなかったけど　実は出席してたらしい〟

葛山の他のふたりは、もう死んでいる。彼女はまだ死んでいなかった。

まだ？　自分の無意識が発した言葉に震えた。馬鹿な。

そのまましばらく何もしないでいたら、また桑原がメッセージを送ってきた。

〝彼女に会ってみるか？〟

その文字列を見て、裕太は当惑した。葛山と会う？　どうして？　会ってどうする？　いや、そもそも……。

〝会えるのか？〟

そう尋ねてしまったのは、話の流れに乗った勢いだった。

〝わからん〟

返事は素っ気ないものだった。

〝連絡先を知ってるの？〟

と、尋ねたら、

〝知らない〟

あっさり言われた。だったらどうして「会ってみるか」なんて訊いてきたのだ。そう問い質《ただ》そうとしたら、桑原からまた写真が送られてきた。やはりパーティ会場を写したものだ。桑原も、あの三人も写っていない。ただパーティの様子を撮っただけのもののようだった。

これがどうした、と訊こうとして、気が付いた。写真の片隅に黄色いジャケットが写り込んでいる。

間違いなく、葛山だった。中年の男性と親しげに話をしている。

〝葛山と話してるの　富沢だ〟

桑原が送ってきたメッセージに記された名前には記憶があった。

〝富沢って　担任だった？〟

〝そうだ　あいつも来てたんだ〟

言われてみれば、たしかに中学二年のときに担任だった富沢だ。あの頃は二十代の若手だったが、今はずいぶんと恰幅《かっぷく》がよくなって、髪も若干《じゃっかん》薄くなっている。

裕太が時計塔に縛りつけられているのを見つけて助けてくれたのも、彼だった。

〝この様子からすると富沢と葛山は知り合いみたいだ　富沢に訊いたら葛山のこともわかるかもしれない〟

〝富沢の連絡先はわかるのか？〟

〝毎年年賀状のやりとりしてるからな　おまえは送ってないのか？〟

年賀状なんて引きこもりになる前から誰にも送らなくなった、とは書きにくい。

〝富沢の住所を知らなかったから〟

下手《へた》な言い訳を送る。すかさず桑原から返事が来た。

〝じゃあ俺から富沢に葛山のことを訊いておくよ〟

「やめてくれ」

思わずLINEのトーク画面にしゃべりかけていた。そんなこと別に頼んでないから。

〝おまえの仕事の手伝いができるなんて楽しみだよ　記事が書けたら俺にも読ませてくれ〟

桑原はライターという偽の肩書をすっかり信じて、協力するつもりでいる。

本当のことを書くべきか。俺はライターなんかじゃない。ただYouTubeのネタにできるかと立石セナの周辺を探っていたらこんなことになっただけだ。だからこれ以上、この件に首を突っ込むつもりはない……。

そう書き込もうとした。しかし指が動かない。

〝今度ゆっくり飲もう　じゃあな〟

桑原のほうから会話を打ち切られた。裕太は取り残された気持ちで画面を見つめる。

そしてアプリを閉じてスマホを放り出した。

どうしようか。このままだと桑原は富沢に連絡を取るだろう。そしてもし葛山の連絡先がわかったりでもしたら、取材しないわけにいかなくなる。桑原から「あの件どうなった？　葛山から話は聞けたか？」と尋ねられるに決まっているからだ。

まずい。非常にまずい。

やはり止《や》めるべきか。しかし自分のことをすっかりライターだと信じている桑原に本当のことを話せるだろうか。その場面を想像しただけで心が萎えてくる。向こうが勝手に信頼してくれているのではあるが、そんな彼の気持ちを踏みにじってしまうことになるのは確かだ。そうなったらきっと、桑原は俺を軽蔑するだろう。クズだと断じるだろう。

裕太は頭を抱えた。どうしてこんなことになってしまったのか。ちょっとした好奇心と山っ気《やまけ》が仇《あだ》になったのか。もう引き返せないのか。

裕太は自室を出てキッチンの冷蔵庫から烏龍茶のペットボトルを取り出し、一気に飲んだ。喉を流れる冷たさが混乱していた脳をすっきりさせた。

冷静に考えよう。桑原からの信頼を失ったところで、自分には何の問題もないではないか。彼とはこれまでずっと連絡していなかったし、この先も繋がりを保つ理由はない。だからたとえ本当のことを言って軽蔑されたところで、気に病むことはないのだ。

──こいつ、俺の親友。

──ライターやってるんだって。すごいだろ。

無邪気に自分のことを紹介する桑原の笑顔が脳裏に浮かぶ。心が乱れる。違う。俺はあんな奴の親友なんかじゃない。あいつとは住む世界が違う。嫌われて当然なんだ。さっさと本当のことを言ってLINEも削除して、縁を切ってしまうべきなんだ。

「そうだそうだそうなんだ」

わざと声に出して自分を納得させようとする。そして桑原にLINEを送るため、スマホを手に取った。その途端、またも着信音。

当の桑原からだった。

〝次の日曜　空いてるか？　富沢の家に行こう〟

富沢の家？　どういうこと？

〝どういうこと？〟

〝富沢に連絡したらさ　家に遊びに来いって　葛山のことも教えてくれるってさ　来られるか？〟

裕太は啞然《あぜん》とする。いくらなんでも桑原の奴、フットワークが軽すぎる。

〝日曜が無理なら他の日を設定してもらうけど〟

無理なわけがない。毎日暇《ひま》なのだから。しかしいきなり昔の担任の家を訪ねるなんて。しかも桑原も一緒に。

裕太は煩悶《はんもん》する。今更《いまさら》もうやめたいとも言えなくなっている。まるで坂道を転がる石みたいだった。自分のコントロールが利かないところで物事が進みはじめているのだ。

三十秒ほど考えた後、裕太は返事を打った。

〝日曜日　行ける〟

5

富沢の家は地下鉄本郷駅の近くにあった。築三十年くらい経っていそうな七階建てマンションの五階だった。

ドアを開けて迎え入れてくれた富沢の顔を見た途端、裕太は記憶の蓋が開いたように感じた。そうだ。このひとだ。

「今日は無理言ってすみません」

桑原が挨拶すると、

「無理だなんて。会えるのを楽しみにしてたよ。この前のパーティじゃ、いることも気付かなかったからな。失礼した」

屈託なさそうな笑みを浮かべた。無印良品で売っていそうな白いバンドカラーシャツにチノパン。寝癖が残っているようにうねっている髪形は昔と変わらない。

「さあ、中に入ってくれ」

招き入れられた室内は、かすかにハーブのような香りがした。玄関からきれいに整頓され、普段からきちんとしていることが窺える。

「妻はしばらく仕事で留守にしていてね。今はアトランタにいるんだ」

「奥さん、何の仕事をされてるんですか」

桑原が尋ねる。

「データサイエンティストって知ってる?」

「知りません。科学者なんですか」

「普通の科学者とは、ちょっと違うみたいだ。いろんなデータを分析して企業のサポートをする仕事、だってさ。じつは俺にもよくわからん」

富沢はそう言って笑った。

「要は中学校の教師の何十倍って給料を貰える仕事ってことだ」

「そんな仕事をしている奥さんと、どうやって——」

重ねて訊こうとする桑原を、富沢は手で制して、

「今日訊きたがってるのは俺と妻の馴《な》れ初《そ》めじゃないんだろ?」

「もちろん違います。今のは単に好奇心でした。すみません」

桑原が頭を下げる。裕太もよくわからないまま頭を下げた。

富沢はふたりをリビングに招き入れた。家具などひとつもない部屋だった。唯一の調度である小さなテーブルを囲み、色も形も違うクッションを三人それぞれに敷いて

床に腰を下ろす。テーブルもクッションも部屋の雰囲気に合わない。多分富沢がどこかから持ってきたものだろう、と裕太は思った。

「このリビング、さっぱりしてますね」

また桑原が言わずもがなのことを言う。

「これも妻の趣味でね」

富沢は含羞《はにか》むように言うと、テーブルに置いていたポットからグラスに麦茶を注ぎ、ふたりの前に置いた。

「本当なら酒で乾杯したいところだが、まだ陽も高いからな。ともあれ、再会を祝して、だ」

差し出してきたグラスに裕太は桑原と共に自分のグラスを合わせる。麦茶は冷えていた。

裕太は麦茶を飲みながら居心地の悪さを感じていた。ミニマリストの生活感を体現したような部屋の雰囲気に馴染《なじ》めない、だけではない。つい先程まで忘れていた記憶が鮮明に甦《よみがえ》ってきているからだ。富沢に関する記憶だった。彼に会うことはわかっていたのに、それを今まで思い出しもしなかった自分を訝《いぶか》しく思う。

忘れていたかったのだ、きっと。できれば、富沢にも忘れていてほしい。

「知りたいのは晴香の連絡先、だっけ？」

富沢が訊いてきた。

「そうです」

裕太より先に桑原が応じる。

「でも先生、どうして葛山のこと知ってるんですか。彼女が中川中学にいた頃は違う学校に赴任《ふにん》してたんですよね？」

「ああ、たしか港区の中学にいたな。俺が中川中学にいたのは五年くらい。ちょうどおまえたちが在学してた時期だ。俺と晴香は教師と教え子って関係じゃない。親戚なんだよ。彼女の母親が妻の妹。つまり晴香は俺の姪《めい》ってわけだ」

「ああ、そうなんですか」

「晴香が中川中の卒業生だってことは知ってたけど、まさかあの会場で顔を合わせるとは思わなかった。向こうもびっくりしてたよ」

「昔中学にいた先生も招待されてたんですね」

「今の校長が五十周年を賑々《にぎにぎ》しく祝いたかったらしくて、あちこちに声をかけたんだ。それであんなに大盛況になったんだよ。俺みたいに以前勤めてた教師も何人か来てたし、卒業生も結構来てたな。五十年も経つと卒業生も幅広かった。県議とか社長とか組長とか。組長って暴力団だぞ。結構怖いのもいた。でも目玉は何といっても立石セナだな。ビデオ出演なんかじゃなくて生で見たかったよ」

富沢は滔々《とうとう》と喋りつづける。桑原は「俺もリアルなセナを見たかったですよ」と応じて、

「それで、葛山、さんのことなんですけど」

と話を戻す。取ってつけたように「さん」を添えたのは、富沢の親戚とわかったからだろう。

「ああ、そうだった」

富沢は思い出したようにシャツの胸ポケットから名刺を一枚取り出す。

「これ、あいつの」

テーブルに置かれたそれを、裕太は桑原と一緒に覗《のぞ》き込む。「株式会社春風社　営業　葛山晴香」と名前が印刷されている。住所は名古屋市中村区。

「名古屋の小さな出版社だそうだ。そこで営業の仕事をしていると言ってた」

富沢が説明する。

「さすがに家の情報は渡せない。マンションで独り暮らしだからな。だが会社のメールアドレスならいいだろう。訊きたいことがあるなら、そこに連絡すればいい。俺の

ほうからも話をしておいてやる」

たしかに自宅の住所をおいそれと教えるわけにもいかないだろうが、だからといって勤め先の情報なら流してもいいというものだろうか。裕太は若干の疑問を感じた。

「ありがとうございます」

桑原は礼を言って名刺を受け取り、それを裕太に差し出した。

「連絡を取れ」

「俺が？」

「おまえが取材したいんだろ？」

「……ああ」

裕太は躊躇《ちゅうちょ》しつつ名刺を受け取り、胸ポケットに収めた。

「それで、晴香に何の取材をしたいんだ？」

富沢が訊いてきた。

「……それは――」

「立石セナのことだそうです」

裕太が躊躇している間に桑原が打ち明けてしまう。

「姪御さんとはセナの話、しなかったんですか。同級生だったそうですけど」

「聞いたことはないな。でもあのパーティで顔を合わせたときに『まさか立石セナがここの卒業生だったなんて知らなかった』と言ったら晴香は『学校にいた頃は目立たない子だったから』とか言ってたな。面識はあったんだ」

「他にセナのこと、何か言ってませんでしたか」

桑原が重ねて尋ねたが、富沢は首を振った。

「いや、それ以上は話題にならなかった。晴香の母親の話に移ったからな。この前椎《つい》間板《かんばん》ヘルニアで入院したんだ」

そう言ってから、

「立石セナが同級生だったなら、晴香も話したいことがあるかもしれない。中村、いい話が聞けるといいな」

と、裕太に言った。

「あ、はい……」

裕太はぎこちなく頷《うなず》く。富沢はそんな彼を見ていたが、不意に言った。

「中村、元気にしてるか」

「え？　あ、はい」

急に訊かれ、裕太はどぎまぎしながら返事をする。富沢は優しい笑みで言った。

「おまえのことは、ずっと気になってたんだ」

どうして、と訊こうとしかけて、言葉を呑《の》む。返ってくるであろう言葉を聞きたくなかったのだ。

「富沢先生、こいつのこと気にかけてましたもんね。あの一件以来」

まさか桑原がその話を持ち出してくるとは思わなかった。裕太は萎縮《いしゅく》して俯《うつむ》く。

「俺のせいだからな」

沈んだ声音で、富沢が言った。

「今でも責任を感じてる」

そんなこと言わないでくれ。裕太は心の中で叫ぶ。頼むから言わないで。

「結局おまえをあんな目に遭わせた連中に指導をすることもできなかった。教師として悔《く》いてる」

不意にあのときの光景が脳裏に甦《よみがえ》ってきた。雪のちらつく深夜、体を切り裂くような冷たい風に晒《さら》されながら、時計塔に縛りつけられて身動きが取れなかった。このまま死ぬかもしれない。いや、きっと死ぬ。でも助けを求められなかった。泣くことも叫ぶこともできなかった。大声をあげれば誰かに聞こえるだろう。でもそれが恥ずかしくて口を噤《つぐ》んでいた。

寒さで意識は半ば途絶えていた。これはいいことかもしれない、と思った。このまま気を失って、そして死んでしまえばいい。どうせ自分は生まれてこないほうが良かったのだ。だからせめて、このまま死んでしまえば……。

体が揺れる。揺らされていると気付くまで、しばらく時間がかかった。凍りついた耳に声が聞こえた。しっかりしろ。中村、眼を開けろ……。

ゆっくりと眼を開ける。街灯の乏しい明かりの下で見えたのは、今目の前にいる富沢の顔だった。

そうだ。彼が自分をこの世に引き戻した。そして一番恥ずかしい姿を見られた。

「こいつ、奴らを庇《かば》ったんですよね」

桑原が言った。

「最後まで自分を縛りつけたのが誰なのか言わなかった。あんなに酷《ひど》いことをされたのに、やった奴らを庇うなんて」

違う。庇ったんじゃない。

「先生に何度訊かれても言わなかった。そういう奴なんだよなあ、中村って」

言わなかったんじゃない。言えなかったんだ。言えば富沢が彼らに指導することはわかっていたし、そうなれば彼らにより酷い報復を受けることもわかっていた。教師の指導くらいでいじめが終わるわけはないし、教師の眼が一日中自分を守ってくれるわけでもない。そんなことは、わかりきっていた。だから言えなかった。

顔をあげると、富沢がこちらを見ていた。

「今なら言えるだろ。やっぱりやったのは、寺田たちか」

「……忘れました」

叫び声をあげそうになる衝動を堪《こら》え、裕太は言った。

「もう、昔のことですから」

「ほらね。こういう奴なんだ」

どうしようもないな、といった風に桑原が笑う。

「優しいんだよ、おまえ。いまだにあいつらのことを気遣《きづか》うなんてさ」

違うってば。裕太は心の中で抗《あらが》う。優しくなんかない。現に俺は、今でも恨んでいる。自分をこの世に引き戻した富沢を。いじめていた寺田たちではなく、助けてくれたひとを恨んでいるのだ。俺はそういう人間なんだ。そういう……クズだ。

自分を蔑《さげす》む言葉で頭の中をいっぱいにしながら、裕太は曖昧《あいまい》な笑みを見せることしかできなかった。

「わかった。もう訊かない」

富沢は頷《うなず》く。

「ひとつだけ言わせてくれ。俺は教師として大事なことをおまえに学ばせてもらったと思っている。あれ以来ずっと俺は担任している生徒たちひとりひとりをしっかりと見るようにしてきた。中村みたいな子はいないかと注意してきたんだ。おかげで大きないじめ事案は起きていない。おまえのおかげだ」

「はあ……」

間の抜けた返事をした。いじめが起きていない？　それは単に見えていないだけではないのか。現に俺の件だって時計塔縛りつけ事件みたいな目立つことが起きるまで、気付いていなかったじゃないか。

思っていることを言葉にしないまま、裕太は別の言葉を口にした。

「こちらこそ、ありがとうございます」

何を考えていようと、こう言えば八方丸くおさまる。便利な言葉だ、ありがとうって。

「おまえが礼を言うことじゃない」

富沢は笑った。

その後は裕太の話題から離れ、麦茶を飲みながら雑談を交わした。富沢と桑原は今の学校の話をし、担任している生徒のことを話した。ふたりとも生徒たちに悩まされながら、それでも結構楽しそうだった。裕太はもっぱら聞き役に回った。話すべきことがないからだ。途中で富沢から、「ライターってどんなことを書いてるんだ？」と訊かれたが、「まあいろいろと」と言葉を濁《にご》す。「たとえば？」と突っ込まれ、つい、「引きこもりのこととか」と言ってしまう。すると桑原が受け持っていた子供が不登校になってという話を始め、同じ経験のある富沢と語りはじめる。話題の中心から離れた裕太は内心安堵《あんど》した。

「不登校の子って学校との相性が悪いというか、集団活動を苦痛に感じる子が多いんですよね。そういう子を無理に学校に戻そうとするのは違うと思うんだけど、そのまま孤立させてしまうのも問題なんじゃないかと」

「やっぱり子供ひとりひとりを見ていかなきゃ駄目なんだ。ケースバイケースなんだから。事情はみんな違うんだし、対応もそれに合わせなきゃいけない」

「でもそれ、難しくないですか。それでなくてもめっちゃ忙しいでしょ、教師って。ひとりひとりを見る余裕なんてあります？」

「メリハリを付けるんだよ。全員を同じように見るんじゃなくて、ある程度放っておいてもいい生徒と時間をかけなきゃいけない生徒を見極めるんだ」

「そんな見極め、できます？」

「できるさ。生徒ひとりひとりをしっかりと見ていけばな」

またそれか。裕太は内心うんざりする。生徒をひとりひとり見ていくなんてそんなことは——。

「そんなことできるもんかって顔してるな、中村」

いきなり呼びかけられ、裕太はうろたえる。

「いえ、そんな……」

「たしかにおまえたちを担任していたときには、できていなかった。でもな、今は違う。自分に余裕を作るんだ。いっぱいいっぱいの状態じゃ、まわりなんか見ていられない。でも自分に余裕があれば、細かなところにも眼が届く。生徒のちょっとした違いにも気付くようになる」

「自分に余裕かあ。難しいなあ」

桑原が頭を掻く。富沢はそんな彼の肩を叩いて、

「大丈夫、おまえならできるさ」

と笑った。

「ありがとうございます。俺、頑張ります」

桑原は耳を赤くして頷いた。

なんだろう、この安っぽいドラマみたいな茶番は。聞いていると、いたたまれなくなってくる。

そんな彼の気持ちなど気付く様子もなく、富沢と桑原の教育談義はいつ果てるともなく続く。さすがに我慢しきれなくなってきた。

「……あの、すみません。俺、この後も用事があって……」

ぎりぎりの勇気を振り絞って、言った。

「おおそうか。すまなかったな」

富沢は手を差し出す。

「今日は、おまえに会えて嬉しかったよ」

「……ありがとうございます」

裕太は彼の手を握った。強い力で握り返された。

「じゃ、俺も帰ります。またいろいろと教えてください」

桑原も腰を上げる。ふたりで富沢の家を辞去した。

「先生、変わってなかったな」

本郷駅の前まで来たところで、桑原がしみじみと言った。

「俺、ああいう先生になりたいよ」

「そうか……いいね」

なんとか、そう返した。

「やっぱりおまえもそう思うか。だよな」

桑原は我が意を得たりとばかりに満面の笑みを浮かべる。

「うん、おまえ、やっぱりすごいよ。先生じゃないけど先生の良さがわかるんだもんな」

そんなんじゃない、と言い返したかったが、できなかった。彼の瞳が本当に輝いているように見えたからだ。代わりに言った。

「俺、ちょっと寄るところがあるから」

このままだと帰りの地下鉄でも桑原と一緒だ。それは避けたかった。

「そうか。じゃあ、ここでお別れだな」

桑原は何の屈託もなく言い、裕太の肩を叩いた。

「また会おうや。今度、飯でも食いに行こう」

「ああ」

裕太は頷いた。桑原との繋がりは途絶えないようだ。憂鬱《ゆううつ》の種が、またひとつ増えた気がした。

6

家の前で母親と鉢合わせした。派手な色合いのエコバッグを提げている。買い物の帰りのようだった。

「出かけてたの？」

母親が驚いたような顔で訊いてくる。

「うん」

とだけ返して、家に入った。

「あのね」

階段を上りかけた息子に、母親が声をかけてきた。しかしすぐには喋りださない。発する言葉を探しているかのように躊躇《ためら》っている。

「何？」

苛立《いらだ》たしさを隠さず、裕太は尋ね返す。母親はそれでも喋りにくそうにしていたが、やっと口を開いた。

「あの、父さんね、会社辞めるって」

「辞めるって、もう定年で辞めてたでしょ」

「そう。だから嘱託のほうも、辞めるって。会社はもう少しいてほしいって言ってるそうだけど……父さんが、辞めたいって」

「ふうん。それで?」

「それだけ。父さんはきっと裕くんに言わないと思うから……」

「わかった」

それだけ言って、階段を上がる。部屋に入り、ベッドに腰掛ける。親父《おやじ》が会社を辞める? あの社畜が? 定年を過ぎても会社にしがみついてたのに? だからどうしたというのか。俺には関係ない。俺には……。

関係、あるか。

父親が職を失うということは、家計が苦しくなるということだ。引きこもりニートの暮らしも難しくなるかもしれない。だから仕事を見つけろと母親は言いたかったのかもしれない。

どうしたらいい?

いや、答えは初めからわかっている。自分が仕事を見つけ、まともに働けばいいのだ。そうすれば生活も安定し、世間体も保て、親も安心する。ついでに結婚して子供を作って二世帯住宅を建てて未払いの年金も全部納めてしまおう。そうすれば万々歳だ。

くだらない。

裕太は頭に浮かべた「普通の暮らし」に唾《つば》を吐きかけた。そんなもの、できるならとっくにしている。いや、できたとしてもしたくない。俺はそんな「普通」など求めてはいない。俺が求めているのは。欲しいものは……。

ない。何も思いつかない。

いつもここで裕太の思考は止まる。現状が正しいと思っているわけではない。このままずっとこの暮らしを続けるなんて耐えられない。が、だからといってどうしたいかという目標が思い浮かばないのだ。そしていつまでも同じ場所に留《とど》まってしまう。この狭い部屋から抜け出せない。ぬるま湯のような沼地獄だ。

溺《おぼ》れてしまう前にこの沼を抜け出す方法はあるのだろうか。裕太は頭を抱える。

シャツの胸ポケットに固い感触があった。そこに収まっていたものを取り出す。富沢から渡された葛山晴香の名刺だ。

これは沼から脱するための藁《わら》になるのだろうか。葛山に突撃して立石セナをいじめていた頃の話を聞き出せたとして、それが何の得になるのか。動画にすればそれなりの再生回数を稼げるかもしれない。だがこれは危険な賭《かけ》だ。下手をすれば炎上案件になる。いや、炎上こそがユーチューバーの華かもしれない。しかしそうなったとき、セナのファンや良識派を気取る奴らや炎上に群がって面白がる輩《やから》から投げつけられるであろう凶器のような言葉に、自分は耐えられるのだろうか。それに耐えてまでやる価値のあることだろうか。

名刺を見つめ、考えつづける。答えは出ない。いつもと同じだ。考えているだけで行動に移せないまま、時間だけを浪費していく。こうやって歳を取り、両親は老いて生計の道は途絶え、自分は困窮していく。今までいくつもあったであろう状況打開の機会をすべて逃し、二進《にっち》も三進《さっち》もいかない状況に自分を追い込んでいくのだ。

せめて何か行動を起こせ。やれることをやってみろ。自分の尻を叩き、パソコンの前に座らせる。メールを立ち上げ、名刺に記された葛山のアドレスを打ち込む。そしてメールのタイトル。「お願い」でいいのか。「中村裕太と申します」と書いたほうがいいのか。あるいは「取材依頼」とでもするべきなのか。まずそこから躓《つまず》いてしまった。考えても決まらないので、とりあえず本文を書くことにする。

しかしここでもキーボードを叩く指はなかなか動こうとしなかった。「YouTubeに立石セナのことを動画にしてアップしたいので、セナさんをいじめていたというあなたの話を聞かせてください」なんて書いて、相手がすんなり応じてくれるとは思えない。別件で取材を申し込んで、会えたらセナのことを聞き出すというのはどうだろう。たとえば葛山の出版社で本を出したいので、そのために相談に乗ってほしい、とか。
いや駄目だ。富沢にはセナのことを訊きたがっていることを知らせてしまっている。今更《いまさら》別件がどうこうだなんて言い訳にもならない。やはり単刀直入にいくしかないだろう。裕太は呻吟《しんぎん》しながらメールの文章を考えた。

葛山晴香様
はじめまして。中村裕太と言います。
すでに富沢先生から話が行っているかもしれませんが、私は今、立石セナについて取材をしています。葛山さんが同級生だったと聞いて、お話を伺えたらと思います。
お手数ですが、よろしくお願いいたします。

素っ気なさすぎるだろうか。自分のことをもっとちゃんと紹介すべきか。いや、引きこもりニートのユーチューバーですと紹介したところで逆に怪しまれるだけだ。

裕太は思いきってメールソフトの送信ボタンをクリックした。

その後、ネットで動画を観たりゲームをしたりして時間を潰《つぶ》す。葛山からの返事が来たのは、日付が変わる頃だった。

申しわけありませんが、取材に応じることはできません。

あっさりとした文面だった。

だよね、と裕太は納得する。そういう返事が来て当然だろう。

これで富沢にも桑原にも言い訳ができる。お願いしてみたんですけどね、こういうことって無理強《じ》いはできないじゃないですか。だからしかたない。あきらめました。立石セナの取材は、これで終わりにします。

パソコンを閉じ、ベッドに潜り込んだ。いつもより早いが、もう寝てしまおう。

寝付きはいいほうではなかった。いつもベッドに入って一時間近くは眠れずにいた。今日ももやもやとした頭に一日の出来事が甦ってきて眠りを妨げた。考えまいと思っても富沢の言葉や葛山からのメール、そしてセナの面影が浮かんでくる。結局眠っているのか起きているのかわからないような状態で一晩を明かした。

翌朝、はっきりしない頭を枕から起こし、スマホで時間を確認する。午前七時二十六分。今起きて下に降りると、出勤前の父親と顔を合わせることになる。それは気まずかったので二階に留まった。もしも父親が会社を辞めてしまって家にずっといることになると、いやでも顔をつき合わせなければならなくなるのか。そう考えると、ぞっとする。

そのとき、スマホからまた耳慣れない音が聞こえてきた。LINE経由の音声通話の着信音だった。かけてきたのは、桑原だった。裕太は慌てて電話に出る。

「もしもし？」

——中村か。朝早くに悪い。今、富沢先生から電話があってな。

「富沢？　何かあった？」

——昨夜、晴香さんが亡くなったそうだ。

はるか？　誰？　すぐにはその名前を認識できなかった。はるか……晴香……晴香!?

「葛山晴香さんが？」

——そうだ。

「どう……どうして？」

――わからん。ただ、急に亡くなったとだけ聞かされたんだ。先生、晴香さんが運び込まれた病院から電話してきてな、おまえが何も知らずに晴香さんに連絡をしようとするかもしれないから伝えておいてくれと言われた。

いや、連絡ならすでに……と言おうとして、口を噤《つぐ》んだ。今は言っては駄目だと心の中の何かが制したのだ。

――まあ、なんだ、こんなことになっておまえの取材も駄目になっちまったけど、しかたないよな。

「……ああ。教えてくれてありがとう」

自分でも驚いたことに、すんなりと感謝の言葉を口にすることができた。自分にしては異例な礼儀正しさだ。

――今度ほんとに飯に行こうや。

「うん」

――じゃ。

通話が切れたスマホを、裕太はしばらく耳に当てたまま動けずにいた。

葛山が死んだ。死んだ。

どう受け止めたらいいのか、まだよくわからない。

会ったこともない人間だ。悼《いた》む気分にはなれない。だが彼女が死んだという事実にひどく打ちのめされた気持ちになっている。

もしかして、あのメールのせいなのか。俺がセナについて問い合わせたせいで？　罪の意識に苛《さいな》まれたのか、あるいは有名女優をいじめていたという事実を暴露されると恐れたのか、いずれにせよ俺のメールで追いつめられた葛山が自ら命を断ったのだとしたら？

いやいやいや。まだ彼女が自殺と決まったわけではない。事故かもしれないし病気だったのかもしれない。早まるな、と自分をたしなめた。そもそも、そんなことくらいで自殺するわけがない。そうだ。絶対にあり得ない。

何度も息を吸い、吐いた。気持ちを落ち着けようとした。だが黒い雲のように疑念はむくむくと湧きだし心を埋めつくしていく。俺のせいで彼女が死んだとしたら……。

手にしたままのスマホを、あらためて見る。確かめなければ。裕太はニュースアプリを開いて「葛山晴香」を検索してみた。もしも自殺していたなら記事になっているかもしれないと思ったのだ。

葛山の名前は引っかからなかった。しかし、だからといって自殺ではないと断定できるわけではない。不安は解消されないままだった。

どうすればいい？　頭の中は同じ言葉が堂々巡りしている。どうすればいい？　どうすれば？　混乱しながら眼はスマホの画面を見ていた。

スマホからもパソコンと同じメールを読んだり書いたりできるように設定しているのだが、そのメールアプリのアイコンにバッジが表示されている。未読のメールがあるのだ。しかしすぐに開く気になれず放置していた。裕太にはメールでやりとりする友人もいない。届くのはたいてい見る必要のない詐欺メールか宣伝メールだ。だからいつもメールを見るのは後回しにしている。だが今日は赤いバッジが目障《めざわ》りで、思わずアイコンを押した。

案の定、届いているのは口座も持っていない銀行名義の取引停止通告を装ったフィッシングメールなどだった。こんなのに引っかかる人間なんて本当にいるのだろうか。うんざりしながら指をスワイプし削除していく。

その指が、一瞬止まる。銀行やAmazonではなく、個人名で送られてきたメールが一通、あった。送り主は「Haruka Kuzuyama」。

葛山晴香からだ。

思わずディスプレイに触れていた指を離した。動けなくなった。どういうことだ？　葛山からメール？　死んだ人間からメールが届いた？　まさか。

再度、指をスマホに近付ける。自分でもわかるほど指先が震えていた。ディスプレイに触れると、メールが開いた。

中村裕太様

メールをいただいた葛山晴香です。先程は失礼なメールをお送りしてしまって申しわけありませんでした。つい感情が先走ってしまいました。

あれからいろいろ考えたり相談したりして、立石セナさんの件についてはちゃんとお話ししたほうがいいと考え直しました。わたしもずっとこの件では苦しんできました。今回の中村様からの申し出は、わたしがこの件に決着を付けるきっかけになるかもしれません。

なので、取材をお受けしようと思います。

どういう形でお話をすればいいのか、決めたいと思います。直接お会いするのもいいですし、zoomでお話しするのでもかまいません。中村様のご都合を伺いたく思います。

連絡をお待ちしております。

あらためて届いたメールの送信時間を確認する。今日の02時48分だった。念のため最初に届いた断りのメールを調べてみると、送信されたのは00時05分だ。

この間に葛山は考えを変え、取材を受ける気になったということか。

そして、その後に死んだ……？

メールの文面を、裕太は何度も読み返した。

ひとつ、わかったことがある。葛山は自殺したのではない。わざわざ裕太に取材を受けるというメールを送ってから自殺するとは思えない。だとしたら、やはり事故か。

これで立石セナをいじめていたという三人の同級生は、全員死んだ。

本永七海は校舎から飛び降りた。

広浜優美は駅のホームから落ちた。

そして葛山晴香は……。

裕太は言い知れない怖さを感じていた。一体、何が起きているんだ？

メールを閉じると、もう一度ニュースアプリを開いた。葛山のことが報じられていないか確かめるためだった。

ディスプレイ上に突然、立石セナが現れた。危うくスマホを落としかけた。

来年公開される映画の主役をセナが演じる、という記事がヘッドラインを飾っていたのだった。画像の彼女はまっすぐに裕太を見つめていた。

偶然に違いない。しかしタイミングが絶妙すぎた。裕太はまるで自分がセナに監視されているような感覚に襲われた。

画面をスワイプしてセナを追い出し、他の見出しを眼で追う。その記事はすぐに見つかった。

【名古屋で女性が転落死　自殺か】

自殺……また視界が歪《ゆが》んだ。いや、これは別の話かもしれない。裕太は続きを読む。

【名古屋市瑞穂《みずほ》区のマンションで、「敷地内で頭から血を流して倒れている人がいる」と一一九番通報があった。瑞穂署の署員が駆けつけたところ、二十代と見られる女性が倒れており、病院に運ばれたが死亡が確認された。亡くなったのは同マンションに住む女性（24）で、自室のベランダから落下したものと見られ、瑞穂署では自殺と見て捜査している。】

名前は書かれていない。だが年齢はぴったりだ。そして現場は瑞穂区のマンション。富沢は葛山が「マンションで独り暮らし」だと言っていた。

裕太は頭を掻きむしっていた。もしもこの記事の女性が葛山だったら、彼女は俺と会う気になった後で自殺したということになる。いや、それはおかしい。わざわざ俺にメールを送ってくるくらいに覚悟を決めていたのに、いきなり死のうとするなんて考えられない。ということは……彼女の死は、自殺ではない。

自分で出した結論に、裕太は当惑していた。自殺でないなら何なんだ。うっかりベランダから落ちたというのか。それとも……誰かに落とされた？

いやいやいや。裕太は首を振る。そんなこと、あるわけない。考えすぎだ。そう打ち消そうとしたが、一度頭に浮んだ疑念は拭《ぬぐ》えなかった。

警察は葛山が自殺したと見ているらしい。でもそうでないことを俺は知っている。その証拠となるメールもある。

どうしたらいいのだろう。自分がとんでもない立場にいる気がした。

こんな重いものをひとりで抱えているのは耐えられない。せめて誰かと共有したい。誰か……思いつくのは、ひとりしかいなかった。裕太は桑原にメッセージを書くことにした。

新聞で読んだ「自室のベランダから落下した」女性が葛山晴香だとしたら、彼女は自分の取材を受諾するというメールを送ってから死んだことになる。自殺だとしたらおかしなことだ……そう書いてLINEで送った。すぐには返事は来なかった。裕太は一旦スマホを置き、部屋を出た。

両親はもう家を出ていた。いつものようにキッチンには裕太の分の朝食が準備されている。今日もインスタントコーヒーには砂糖もクリームも添えられていない。キッチンでテレビが観られるようになっていたが、裕太はほとんどつけたことがなかった。しかし今日はリモコンを手に取って電源ボタンを押してみた。各局でワイドショーを放送している時間だった。ザッピングしてみたが、全国放送の番組で名古屋の事件が報じられることはなかった。

そのかわり、またセナの顔を見ることになった。例の映画出演の話題が流されたのだ。ゲーテの『ファウスト』を土台にしたオリジナル脚本の作品だとキャスターが説明している。記者発表の映像も流れた。セナは青いドレス姿で笑顔を振りまいていた。今朝スマホで突然眼にしたときのように驚きはしなかった。むしろ彼女の美しさをあらためて認識さえした。単に整っているというだけでない、見る者に忘れがたい印象を残す顔立ちだ。惹《ひ》きつけるような目力のせいかもしれない。ただ今の裕太にはその美しさがやはり恐ろしくも感じられた。

彼女をいじめていた者たちがみんな、死んだ……。

7

桑原からLINE通話がかかってきたのは、その日の夜だった。

――返事が遅れて悪かった。学校もあったし、いろいろ連絡もしててな。

急《せ》いた口調で言われた。

――もう一度確認しておきたいんだが、葛山晴香さんからメールが来てるんだな？

本人だな？

「そうだ、と思う。富沢先生から教えられたメールアドレスに送って、同じメールアドレスから返事が来てるから」

――そのメールには、おまえと会って話したいって書いてあるんだな？

「そう、書いてある」

――そうか。

と言った後、彼は言葉を足した。

――悪いが、これから会いたい。

「これから？」

時間を確認する。午後七時過ぎだ。

——大事なことなんだ。一緒に来てくれ。

「来てくれって、どこに？」

——瑞穂警察署だ。

「警察？　どうして？」

——おまえが晴香さんからもらったメールを見せたいんだ。これで状況が変わるかもしれない。

「状況って？」

さっきからおうむ返しに尋ねることばかりで自分が馬鹿になったような気がするが、尋ねないわけにいかなかった。

——晴香さんの事件の捜査状況だよ。

桑原は「事件」と言った。裕太にも、今度はその意味が理解できた。同時に自分が厄介《やっかい》な立場に立ちはじめていることも。

できれば警察なんかに行きたくなかった。メールを見せる必要があるなら、桑原にでも警察にでも転送すればいい。俺が行かなくても——。

——じつは、この件のことはもう警察に話した。

桑原は裕太の言い訳を封じるように言った。

——警察はおまえの話も是非聞きたいと言っている。今すぐにでもおまえの家に行こうって勢いだったから、だったら俺がおまえを警察署に連れていくと言ったんだ。勝手に決めないでくれと抗議したくなったが、たしかに家に警察が来られると親に知られて面倒かもしれない。

「……わかった。行くよ」

そう言うしかなかった。

——ありがとう。

桑原はまるで自分が当事者であるかのように言葉を返してきた。

——じゃあ、これから車でおまえの家に行く。そうだな……二十分くらいで着く。じゃあ。

慌《あわ》ただしく通話を切られた。裕太はスマホを見つめ、しばらく茫然《ぼうぜん》としていた。なんだかよくわからないまま、事態がどんどん動いていく。

いやいや、と首を振る。ぼーっとしている暇はない。

洗面所に行き、鏡で自分の姿を見る。髪はぼさぼさ、無精髭《ぶしょうひげ》も見苦しい。これでは犯人みたいだ。ブラシで髪を梳《す》き、シェーバーで髭を剃《そ》る。

友人に付き添われて警察に行くなんて、まるで自首しに行くみたいだ。

髭を剃っていた手が止まる。自首？

警察が自分を犯人だと疑っている可能性について考えた。だから署に呼びつけたのか。いや、違う。疑っているならそんな面倒なことはせず、さっさとこの家に来て連行していくはずだ。疑われているのではない。そもそも俺を疑う理由なんかない。葛山晴香には会ったこともないのに。

そう考えて自分を納得させる。しかし一度起きた胸騒ぎは簡単には治まらなかった。

一階に下りるとキッチンに誰かいる気配がした。そっと玄関に向かう。

「どこか行くの？」

声をかけられた。キッチンから母が顔を出していた。気付かれたのだ。

「うん、ちょっと」

それだけ言って玄関を出ようとする。母がさらに声をかけてきた。

「今度の日曜、父さんと話してくれない？」

「親父と？　どうして？」

「だから、父さんの仕事のこととか、いろいろ」

仕事を辞めると言っていた、あの話だと察した。そんなの関係ない、と言いたかったが、関係ないわけがないことはわかっていた。

「わかった」

それだけ言って、家を出た。

桑原を待っている間、葛山のことより母の言葉のほうが気にかかっていた。

——父さんと話してくれない？

何を話せというのか。親父の代わりに仕事に出るとでも？　それとも仕事を辞めないでくれと泣きつけと？　どっちも無理だ。話したって何も変わらない。親父だって俺には何も話さないだろう。そんなの意味ない。そんなの……。

家の前の道路を走っていた車の一台がハザードランプを点滅させながら停《と》まった。黒っぽいＢＭＷだった。覗き込むと運転席から桑原が手を振った。少し躊躇《ためら》いながら助手席のドアを開け、車内に入る。石鹸《せっけん》のような芳香剤の匂いがした。

「待たせたな。行こう」

そう言って桑原は車を発進させる。

裕太は車内を見回した。アクセサリーなど一切飾っていない。速度計などはデジタル表示で、もちろんカーナビもダッシュボードに組み込まれている。

「一介の高校教師が外車に乗ってるなんてけしからん、とか思ってるか」

桑原が言った。

「でもな、これ女房のお父さんからのお下がりなんだよ。格安で譲ってもらったんだ」

「へえ、いいね」

なるべく皮肉に聞こえないように心掛けながら相槌《あいづち》を打つ。ＢＭＷを簡単に譲ることのできる義父がいる桑原を羨《うらや》まないようにと。陽が落ちて暗くなった車内で表情が見られないのは幸運だった。

車は国道29号線を東へと走る。桑原は運転中ラジオも音楽も流さない。父親とはまるで反対だな、と思った。父は車を運転しているときはラジオを欠かさなかった。放送局はＦＭに固定していたが、実際は何でもよかったらしい。ただ無音で運転するのを嫌っていたのだ。車内もいろいろと装飾していた。ハンドルにはカバーを掛けていたし、ダッシュボードには人工芝のようなマットを敷いて、ガチャポンで手に入れた馬や牛のフィギュアを置いていた。多分今でも置いているだろう。そう言えば、もう十年以上も父親の運転する車に乗っていない。毎日通勤に使っているカローラはもうかなり走り込んでいるだろう。買い替える気はないのだろうか。ああ、でも仕事を辞めるならもう乗ることもないのか。でも……。

――父さんと話してくれない？

また思い出す。親父と何を話せばいい？　辞めたら車をどうするのか、とか？　そんなの親父の勝手だ。俺には関係ない。そうだ、何も関係ないんだ。

「……おい」

いきなり桑原が声をあげた。いや、いきなりではなかった。頭の中で父親に拒絶の言葉を吐いていたせいで、彼の話を聞きそびれていたのだ。

「え？　何だって？」

「だからさ、晴香さんのメールは何時に届いたんだって？」

「ああ……ちょっと待ってくれ」

スマホでメールを確認する。

「……02時48分だった」

「じゃあ、そのメールを打ったときにはまだ生きてたんだな」

「そういうことになる、かな」

「そして、ベランダから落ちた」

瑞穂署に行くと聞いたときにわかってはいた。やはりニュースアプリで読んだのは葛山のことだったのだ。だがあらためて聞かされるとショックだった。

「自殺らしいってニュースでは言ってたけど、そうなのか」

「わからん。俺も詳しく聞いてるわけじゃないから」

桑原は言う。

「だけど富沢先生は自殺なんて考えられないって言ってた。そういう人間じゃないって」

「自殺じゃないなら、どういうことだ？」

「わからん。おまえはどう思う？　考えはないのか」

「それは……」

問いかけられ、言葉に詰まる。考えは、ある。しかし不用意に口にしていいことではない。

「やっぱりおまえも疑ってるんだな」

桑原は裕太の沈黙を深読みするように、

「子供がふざけて遊んでるうちにうっかりベランダの柵を乗り越えて落ちるって話は聞くが、大人じゃ考えられん。ってことはつまり、誰かに落とされたってことだ」

裕太が黙っていたことを、彼はずけずけと言ってしまう。

「そう言い切ってしまっていいのかな」

「もちろん確証はない。だからおまえもはっきり言わないんだろ？」

「まあ、な」

曖昧《あいまい》に答える。桑原の言うとおりなのだが、自分がはっきり言わないのは確証がないからというより、これ以上深く関わりたくないからでもあった。本心を言えば今すぐこの車からも降りて家に帰りたかった。

そう思っているうちに桑原のＢＭＷは「瑞穂警察署」という看板のある建物の隣の駐車場に滑り込み、停車した。

車を降りると桑原はさっさと警察署に入っていく。裕太は慌《あわ》てて後を追った。

桑原が入り口近くにいた署員を摑まえて来意を告げる。すぐに小さな部屋に通された。

もしかしたらこれが取調室なのかと、裕太は部屋を見回す。スマホで撮影してYouTubeにあげたら再生数を稼げるだろうかと想像し、それどころではないと自分を窘《たしな》める。だがこの経験はネタにはなりそうだ。

程なく三人の男女が部屋に入ってきた。そのうちのひとりは富沢だった。

「先生？　どうして？」

「先に来て渋沢《しぶさわ》さんに話を聞いてもらってたんだ」

富沢が言うと、女性のほうが小さく頷《うなず》く。そして裕太たちに向き合うと、一礼した。

「愛知県警捜査一課の渋沢と言います。わざわざご足労いただき、ありがとうございます」

丁寧《ていねい》な口調だった。三十代後半くらい、裕太とそんなに違わないように見える。女性だが体格がいい。身長も百七十センチ近くありそうだ。眼が大きく唇も厚い。血色が良くて派手な顔立ちをしている。髪は顎《あご》のあたりでカットしていて直毛だ。身に着けているのは濃紺のスーツに白いシャツ。黒い革靴は履き古しているようだが汚れひとつない。

「こちらは瑞穂署刑事課の篠崎《しのざき》です」

渋沢が紹介したのは彼女と対照的にほっそりとした体つきの男性だった。同じく三十代後半くらい。顎が張って将棋の駒のように見える。白いワイシャツの下の胸も薄そうで、刑事というより病み上がりの事務員といった印象だった。顔色も渋沢と違って青白い。彼は無言で頭を下げた。

「俺が先程電話で話した桑原琢磨、教師をしています。こっちが例の友人の中村裕太です」

桑原が紹介すると、渋沢は興味ありげな表情で裕太を見つめ、

「ライターをされているそうですね？」

と、訊いてきた。

「あ……はい」

桑原の奴、警察にまでそんなことを言ったのか。裕太は身が竦《すく》んだ。

「それで葛山晴香さんを取材しようとしていたと。何の取材ですか」

「それは……その、立石セナの……」

「立石？　誰ですか」

「立石セナですよ、女優の」

心外そうに桑原が説明する。

「テレビとか映画とか、出てるでしょ」

「すみません。テレビも映画も観ませんので」

渋沢は無知を恥じるようでもなく、また芸能人を見下しているようでもなく、ごく普通にそう言った。

「それで、その立石さんが、どうしたんですか」

「中村は立石セナのことを取材してたんです。じつは俺たち、彼女の中学校の先輩に当たるんですよ」

「あなたがたは立石さんと面識があるのですか」

「いえ、全然」

「面識がなくても取材はするんですね。それで？」

「葛山晴香さんは立石セナの同級生なんです。それで何か話が聞けないかと中村が接触したんです」

「それで中村さんにメールを送ってきたんですね。見せていただけますか」

渋沢は裕太に尋ねてくる。

「あ……はい」

裕太はスマホを取り出し、メールを開いて渋沢に渡した。刑事は画面をまじまじと見つめて文面を確認した後、スマホを篠崎に渡す。彼はその画面を自分のスマホで撮影していた。

渋沢はあらためて裕太に向き直る。

「ここに『先程は失礼なメールをお送りしてしまって申しわけありませんでした』という一文がありますが、このメールの前にもメールをもらっているのですね？」

「そうです」

「それも見せてください」

裕太はそのメールを開いて、あらためて渋沢に見せる。

「……なるほど。最初のメールと次のメールでは葛山さんの態度が変わっている。どうしてでしょうか」

スマホを篠崎に渡しながら尋ねてきた。

「それは……俺にもわかりません」

裕太は正直に言った。渋沢は気を悪くした様子もなく頷いて、

「うん、そうでしょうね。これは中村さんにはわからないことだ。最初にメールを送ってきた00時05分とその次にメールを送った02時48分の間に、何らかの理由で葛山さんが心変わりをしたに違いないのでしょうが、その理由は本人しか知りようがない。中村さん、最初に葛山さんに送ったメールも見せていただけませんか」

「はい」

メールの画面を写真に撮った篠崎からスマホを返されると、言われるまま葛山に送ったメールの文面を見せた。渋沢はそれを読んで、またスマホを篠崎に渡す。

「あの、なんならメールをそちらに転送しましょうか」

裕太が提案すると、

「ああ、そうしてもらえるとありがたいです」

篠崎が初めて言葉を発した。声変わりしかけている子供みたいな声音だった。

裕太がスマホを受け取って転送の操作をしていると、

「中村さん、あなたが葛山さんに送ったメールは、この一通だけですか」

渋沢が尋ねてきた。

「はい、これだけです」

裕太が答えると、彼女は少し首を傾《かし》げ、

「だとすると……妙だな」

「何が妙なんですか」

桑原が訊く。

「このメールを読むかぎり、中村さんは単に同級生だった立石セナさんの話を聞きたいと言っただけですよね。それに対して葛山さんは『申しわけありませんが、取材に応じることはできません』と返してきた。別におかしいところはありません」

妙だ、と言いながら渋沢は「おかしいところはない」とも言う。裕太は彼女が何を考えているのかわからなかった。問いかけようとしたとき、渋沢は続けて言った。

「しかし二通目のメールで葛山さんはいきなり『わたしもずっとこの件では苦しんできました』と書いている。随分と唐突です。葛山さんは何を苦しんできたんでしょうか。『この件』というのは話の流れからすると立石セナさんのことと考えられます。葛山さんは立石さんのことで何か苦しむようなことがあったんでしょうか」

「それは……」

裕太は言いかけて、口籠《くちご》もる。あの話をしてしまってもいいのか迷ったのだ。

「何か心当たりがあるんですか」

案《あん》の定《じょう》、渋沢が突っ込んできた。どうしよう。言うべきか隠しておくべきか……。

「じつは、葛山さんは中学時代、立石さんをいじめていたらしいんですよ」

またも桑原が先に口を出した。

「中村が尋ねようとしていたのも、じつはそのあたりのことだったみたいでしてね」

「それ、本当なのか」

尋ねてきたのは富沢だった。

「はい、あのパーティで葛山さんと同級生だった子たちから聞きました」

「あのパーティとは？」

渋沢が尋ねてくる。

「俺たちが卒業した中学の創立記念パーティです」

それにも桑原が答えた。

「晴香が立石セナを……そんな話、今まで知らなかった」

富沢は表情を曇らせる。

「それが葛山さんの言う『苦しんできたこと』なんですね？」

渋沢が話を元に戻す。

「葛山さんは立石さんをいじめていた。そして中村さんに立石さんのことを取材したいとメールを送られ、一度は断った。しかし思い直して取材を受けることにした。そして、死んだ……」

渋沢は言葉を切り、考え込む。

「……たしかに、取材を受けるつもりになったすぐ後に自殺するとは考えにくいかもしれない」

「そうですよね。やっぱり変だ」

桑原が勢い込む。しかし渋沢は首を傾げ、

「でも、こうも考えられます。一旦は取材を受けることにした。しかし立石さんをいじめていた過去を探られるのはやはり辛い、とまた考えを変えた。でもすでに中村さんには話をすると答えてしまっている。切羽詰まった葛山さんは思い余ってベランダから身を投げた」

「そんなこと、あるでしょうか」

桑原が疑問を投げかける。

「気が変わったなら変わったと言えばいいのに」

「言えなかったのかもしれません。葛山さんには立石さんに対して負い目があった。メールに『ずっと苦しんでいた』と書いているくらいですから。それなのに中村さんにその話をしなければならない状況に追い込まれて自暴自棄になってしまったのかも」

そうだとすれば、やはり葛山を追い込んだのは自分だ。裕太は奥歯を嚙《か》みしめた。

俺が追い込んだのか。

俯《うつむ》く彼の肩が叩かれた。桑原だった。

「おまえのせいじゃないよ」

そう言われ、一瞬涙腺が緩みかける。しかしここで泣いたら自分の非を認めてしまうことになりそうなので、なんとか堪《こら》えた。

「刑事さんの今の説には疑問があります」

富沢が渋沢に言った。

「立石セナと晴香のことは、もう十年も昔の話です。中村のメールで蒸し返されたんだとしても、すぐに死ななければならないほど切羽詰まった問題とは思えません」

「そうでしょうか。今まで隠していたことが明るみに出ることを恐れて自暴自棄になったとも想像できますが」

渋沢はさらに裕太を追い込むようなことを言う。どうしても葛山が自殺したことにしたがっているようにさえ思えて、裕太は恐ろしくなった。

「どうして葛山さんが自分でベランダから飛び降りたと決めつけるんですか」

桑原も同じことを思ったらしい。

「そうとしか思えないからです」

渋沢はそう言い、自分の手帳を開いて眼を通しながら言った。

「瑞穂区雁道町《がんみちちょう》の賃貸マンション『カーサ・クレシア』の駐車場で人が倒れていると通報があったのは今日、六月三十日の04時50分でした。通報したのは朝刊の配達にやってきた配達員で、御剱高田《みつるぎたかだ》交番の署員が駆けつけました。状況から見てマンションのベランダから落下したと考えられるため、管理人に確認をしてもらったところ、三階三〇三号室の葛山晴香さんと判明しました。すぐに葛山さんの部屋を調べるため管理人の持つ合鍵を使って三〇三号室に入りました。室内には誰もいませんでした。この意味、わかります？」

渋沢が問いかけてくる。

「意味、ですか……さあ」

桑原が首を捻《ひね》る。渋沢は裕太のほうを見て、

「中村さんはわかっていらっしゃるようですね？」

「わかるのか、中村？」

「あ、いや……」

裕太は戸惑いながら、

「……葛山さんの部屋の鍵は、あったんですか」

「室内にありました」

「ということは、部屋のドアは鍵を使って外から施錠《せじょう》したわけではない。内側からロックされていたということになる……んですよね？」

「そうなります。ちなみに三〇三号室の合鍵を持っているのは管理人だけ。葛山さん自身も持っていませんでした」

「……ああ、そうか！」

ここでやっと桑原も状況を理解したようだった。

「ドアは内側から鍵が掛けられていた。つまり誰も部屋から出ることはできなかった

んだ。そう言いたいんですね？」

「言いたいんです」

渋沢は頷く。

「何者かが葛山さんをベランダから突き落としたんだとしたら、その何者かはどうやって三〇三号室から出ることができたか」

「窓が開いてますよね。葛山さんがベランダに出たんだから」

裕太が言うと、

「たしかにそうです。しかし我々の検証では、三階のベランダから脱出するのは不可能と判断しました。隣の三〇二号室とも距離が離れているので、ベランダ伝いにそちらへ移動することもできませんし、掴まるところがないので壁を伝って下りることもできないのです。葛山さんが落下したときに三〇三号室に他の誰かがいたと考えるのは難しい」

「なるほど、だから葛山さんは自殺だと警察では考えているんですね？　うーん……」

桑原が納得しかねるように首を捻《ひね》る。

「でもなあ、やっぱり一度は中村と立石セナのことで話をすると決めた葛山さんが、その後で心変わりしたっていうのは、納得できないなあ」

「しかしそれが、最も合理的な解釈です」

渋沢が断言した。

たしかにそうだろう、と裕太は思う。葛山に起きたことだけを見るなら、そう断定してもおかしくはない。

だが、死んだのは彼女ひとりではないのだ。本永七海と広浜優美、ふたりの級友がやはり命を落としている。三人に共通するのは、立石セナへのいじめだ。そのことをやはり、警察には話すべきだろうか。裕太は桑原のほうをちらりと見る。彼が話してくれたらいいのに。でも桑原は腕組みをして考え込んでいるばかりだった。

「あの……」

我慢できなくなって話しだそうとした、そのとき、

「ひとつ、いいですか」

先んじて話しだしたのは、それまでほとんど言葉を発しなかったもうひとりの刑事、篠崎だった。彼はずっとスマホの画面を見ていたのだ。

「葛山晴香さんが中村裕太さんに送ったメールで、気になるところがあるんですけど」

「どんな？」

渋沢が尋ねると、彼は自分のスマホを彼女に渡して、

「ここに『あれからいろいろ考えたり相談したりして、立石セナさんの件についてはちゃんとお話ししたほうがいいと考え直しました』と書いてますよね。この文章を額面どおり受け取ると、中村さんのメールを受け取った後で葛山さんは、誰かにこの件について相談しているみたいです」

「……ああ、たしかにそう読める。うっかりして見過ごしていた」

渋沢はスマホをまじまじと見つめる。

「事件に直接関係してくるのかどうかわかりませんが、葛山さんが相談したという人物にも話を聞いたほうがいいのではないかと思うんですが」

「そうだな……」

渋沢は篠崎の提案を吟味しているようだったが、やがて頷いた。

「わかった。一応、当たってみよう」

そして裕太と桑原、そして富沢に一礼する。

「今日はわざわざ来ていただいて、ありがとうございました。これでもう帰っていただいて結構ですが、一応連絡先など伺わせてください」

住所や電話番号などを教えた後、三人は解放された。

「やれやれ、指紋まで取られるかと思った」

瑞穂署の前で桑原が冗談とも本気とも取れない口調で言った。

「もしかして、俺たちのことまで疑ってるのかって」

「まさか」

即座に否定したが、裕太もずっとそのことは気にしていた。自分も関係者なのだ。だから容疑者でもある、のかもしれない。

あの渋沢という刑事、ずっと自分のことをまじまじと見ていたような気がする。あの表情は自分を疑っていた顔付きなのか。それとも……。

「今日は悪かったな。君たちにまで迷惑をかけてしまった」

富沢が謝った。

「いえいえ、そんなの気にしてませんよ。な？」

桑原に同意を求められ、裕太は頷く。

「先生こそ大変だったんじゃないですか。大丈夫でした？」

自分がこんな気遣いの言葉を発することができるとは、と内心思いながら、裕太は尋ねる。

「大丈夫だよ。ただ、晴香がなぜ死んでしまったのか、はっきりしないうちは心のもやもやも晴れそうにないがな」

富沢は少し疲れたような笑みを見せた。

「じゃあ、俺は帰るよ。君たちも気を付けて」

彼が自分の車に乗って去っていくのを見送った後、裕太も桑原のＢＭＷに乗り込んだ。

しばらくはふたりとも無言だった。車内の空気が重く感じられる。こういうときラジオでも流れていれば気が紛《まぎ》れるのに、と裕太は思う。父親が運転中に音を欠かさなかったのは、こういう空気が嫌だったからかもしれない、と裕太は今にして気が付いた。こういう空気を作っていたのは、やはり自分なのだろうが。

「……飯、食ってくか」

桑原が言葉を発したのは、県道１１５号線を走っているときだった。

「いや、もう食べたから」

裕太はそう言って断った。本当は夕飯を食いはぐれ、空腹だった。だが一刻も早く家に帰り、ひとりになりたかったのだ。

「じゃあ、コーヒーでも飲まないか」

桑原がさらに誘ってくる。

「話したいことがあるんだ」

「……いいよ」

二度断る気力はなかった。早くひとりになりたいが、桑原が気を悪くするのも避けたかったのだ。そしてそう思ってる自分に驚いていた。

以前の自分なら桑原に好かれようと嫌われようと、どうでもよかった。部屋に引きこもり自分の世界を守っていられればそれで良かった。だが今は、桑原との縁が切れることを少しだけ恐れている。

そうだ、自分は怖がっているんだ。あんなに疎《うと》んじていた他者との接触が途絶えることを。

そのこと自体を恐れる気持ちもあった。十年も守ってきた世界を壊すことになるかもしれないのだ。今の「いいよ」はそうした揺れる気持ちの果てに発した言葉だった。

桑原は県道沿いの珈琲店の駐車場に車を停めた。店に入り注文を聞きに来た店員にカツパンとコーヒーを注文する。

「おまえは何にする？」

訊かれた裕太はメニュー表を前に硬直する。本当は空腹だった。しかし先程「もう食べたから」と言ってしまった以上、ここで食べ物を注文することはできない。

「……じゃあ、アイスオーレを」

店員が去った後、桑原は水を一口飲み、おしぼりで手を拭いながら、

「葛山の件、どう思う?」

と、訊いてきた。

「どうって……」

裕太が言葉を濁《にご》すと、

「やっぱりおまえも怪しいと思ってるんだな」

桑原は独り合点するように頷《うなず》いて、

「警察は自殺ってことで片をつけようとしてるけど、やっぱり納得できんよな。彼女はおまえに話を聞いてもらおうとしていた。死のうなんて考えてなかったんだ。あの刑事は途中で気が変わったんだって言ってたが、そんなにころころ気持ちが変わったりするだろうか」

「でも、最初は断りのメールを送ってきた。二通目のメールは二時間ちょっとしてから届いた。その間に気持ちが変わってるんだ。また変わったとしても、おかしくはないよ」

そう言いながら、裕太は自分の言葉に違和感を覚えていた。

「見ず知らずのおまえに取材を受けるというメールまで送ったのは、よほどの決意があったからだと思うぞ。なのにすぐに後悔して自殺するなんて、どう考えても妙だ」

桑原の意見は裕太の気持ちを代弁していた。彼も同じ違和感を持っていたようだ。

「……別の理由で自殺したのかもしれない」

しかし裕太は素直に同意できず、思いついたことを口にした。

「どんな？」

問い返す桑原に、

「そんなの、わからないよ。でも、何かあったかもしれない」

「かも、だな。仮定だけなら、どんなことだって考えられる」

桑原は皮肉るように言う。そのとき、注文したものがテーブルに届いた。大振りのコッペパンに分厚いカツを挟んで三つにカットしたものが彼の前に置かれる。その匂いに裕太は食欲を刺激されすぎて、一瞬くらりとする。

桑原はパンにかぶりつき、勢いよく咀嚼《そしゃく》する。瞬く間に一切れを腹に収め、コーヒーを啜《すす》った。見事な食べっぷりだった。

「俺も仮定の話をしようか」

口の端にソースを付けたまま、桑原は話を再開した。

「篠崎って刑事が言ってたろ。葛山はおまえからのメールに返事を送った後、誰かに相談をしたんじゃないかって。その誰かはおまえが中学時代の立石セナのことを調べようとしていることを知ってるわけだ。そして葛山がおまえにセナのことを話す気になっていることも。もしも、その誰かさんがそのことを快く思っていなかったら？葛山がおまえに話すことを阻止したいと考えたなら？」

「その誰かが葛山を殺したと言いたいのか」

「そう。仮定の話だけどな」

「仮定だとしても無理がある。刑事が言ってただろ。葛山の部屋のドアに鍵が掛かってた。これが他殺だとして、犯人はどうやって部屋を出たんだ？　無理だよ」

「ああ、無理だな」

桑原はあっさりと同意する。しかしすぐ言葉を継いで、

「でもおまえなら、無理じゃなくせるかもしれんだろ？　ほら、名探偵がトリックを暴くみたいに」

「俺が名探偵？　冗談じゃない」

裕太は即座に否定する。

「もちろん冗談じゃない」

　しかし桑原は彼を見据《みす》える。

「さっきも刑事から同じ話を聞いてたのに、おまえは葛山の部屋が密室状態だったことを見抜いたじゃないか。俺なんかよりずっと頭がいい。俺は冗談じゃなく、おまえならこの謎が解けるんじゃないかと思ってる」

「そんな……買いかぶりすぎだ」

　裕太は首を振った。すると桑原はカツパンが二切れ残った皿を彼のほうへ押し出す。

「ひとつ、食うか」

　隙《すき》を突かれた、と思ったのはパンを摑んだ後だった。桑原がそう意図したのではないかもしれないが、ほとんど無意識に手に取っていた。今更《いまさら》戻せない。

「……ありがとう」

　礼を言ってパンを頬張る。ソースの染みたカツの旨味《うまみ》と歯ごたえが脳を震わせた。そんなに腹が減っていたのかと一瞬笑いだしたくなった。

　桑原は残るひとつをさっさと腹に収め、コーヒーを飲み干してから言った。

「俺、運命ってやつを信じるタイプなんだ」

　何を言いだすのかと裕太は訝《いぶか》る。

「おまえと再会したのも、こんなへんてこな事件に巻き込まれたのも、多分運命なんじゃないかと思う。ってことは、この事件に俺たちは何かしなきゃならないんじゃないかな」

「何かって？」

「だからさ、事件を解決して葛山の無念を晴らす、みたいな」

やはり冗談で言っているのではないようだ、と裕太は桑原の眼を見て思った。これは面倒なことになりそうだ。

「事件を解決するのは警察の仕事だよ」

なるべく理路整然と喋《しゃべ》ろう。そう意識した。

「ドラマや漫画じゃ素人探偵が警察を出し抜いて難解な事件のトリックを暴く、なんてことは珍しくないけど、あれ現実じゃあり得ないから。完全なフィクション。嘘《うそ》だよ」

「そんなこと、百も承知だ。でもな、このまま知らん顔したくないんだよ。できることをしたいんだ」

できることなんか何もない、と言い返したかった。それはあまりにきつすぎる言いかただと思って口にはしなかったが。代わりに尋ねた。

「どうして、そんなにこの件にこだわるんだ？」

「こだわるってわけじゃ……いや、こだわってるな、たしかに」

桑原は自分に突っ込みを入れる。

「自分でもはっきり説明できないんだけどさ、多分俺、自分の生徒と同じに考えてるんだと思う」

「葛山のことを？」

「そう。直接教えたわけじゃないんだけど、なんだか放っておけない気がして……うーん……」

桑原は唸《うな》りながら俯《うつむ》いた。そんなに苦悩しなくても、と裕太は少々うろたえる。

しばらくして桑原は顔を上げ、裕太を見つめた。

「言ってもいいか。おまえのせいでもあるんだ」

「俺の？　なんで？」

「俺は、おまえが寺田たちにいじめられてたこと知ってて、止められなかった」

寺田……その名前を聞かされるたびに、胸の奥にしまい込んだ黒いものが滲《にじ》み出してくる。

彼と彼の取り巻きは教室の空気を支配し、話題を独占していた。そして自分たちの優越性を確認するため生贄《いけにえ》を必要としていた。虐《しいた》げるべき存在が欲しかったのだ。その格好の的《まと》になったのが、裕太だった。

「おまえが時計塔にくくり付けられてたって聞いて、心の底から腹が立った。寺田たちをぶん殴っておまえに謝らせたかった。でも、できなかったんだ。県大会の前だったから。暴力沙汰とか起こしたら出られなくなる……そう思ってな。酷《ひど》い奴だろ？」

裕太は答えなかった。内心、暴力沙汰なんか起こしてくれなくてよかったと思う。桑原のためではない。そんなことをすれば寺田たちと自分の関係はさらに悪化したと思うからだ。そもそも彼らに眼を付けられたのは、自分が桑原と親しくしていたからだと裕太は思っている。寺田とは別のスクールカーストの頂点に桑原は立っていた。無敵のタフマン。バスケのエース。そんな彼が親しく接していたのが底辺にいなければならない裕太だったことが、寺田たちのいじめの理由だったのだ。

「あのときからずっと、もやもやした気持ちが心の中に残ってたんだ」

裕太の思いなど知りもしない桑原が言葉を継ぐ。

「それをなんとかしたい、なんとかしなきゃって思ってきた。教師になってからも担任するクラスでそういうことが起きないよう、極力注意してきた。おかげで今のところまだ大きないじめ事案は起きてない」

この前も同じことを言っていた。よほど自慢に思っているらしい。

「でも、創立記念パーティで立石セナがいじめられていたって話を聞いたとき、昔の傷が疼《うず》くような感じがしてな。そのときにおまえが目の前にいたせいかもしれないが。葛山が富沢先生と繋《つな》がりがあることがわかって、これは調べてみなきゃとおまえを誘った。そしたら、こんな厄介なことになった」

「たしかに厄介だ」

裕太はやっと、言葉を挟んだ。

「俺は、軽い気持ちで立石セナのことを調べてみようと思っただけなんだ。こんなに深入りするつもりはなかった」

「でも、深入りしちまったぞ。警察は少なくとも俺たちのことを事件関係者だと考えているはずだ」

「そんな」

「脅しじゃない。あの渋沢って刑事の目付きとか話しかたとか、間違いなくそう思ってる」

「俺たちも容疑者だって？　まさか。俺の情報がなければ葛山の件はきっと事故か自殺で片づけられてたはずだ。犯人がわざわざ疑われるようなことをするわけないいだろ」

裕太自身も疑われているのではないかと内心懸念していたことは隠して、反論する。

「容疑者としてではなくてさ、事件に関わっている人間ってことでマークされてるのは確かだと思うんだ。面白いことになってきた」

「面白い？」

「困ったことになった、なんて思うより、そう考えたほうがわくわくするだろ？」

桑原はソースの付いた口の端を少し引き上げて微笑《ほほえ》む。

「おまえはさ、これまでのことをまとめて書いておけよ。それを記事にするんだ。きっと受けるぞ」

記事と言っても自分にはそんなものを発表する媒体なんかない、と裕太は心の中で反論する。最底辺のユーチューバーに過ぎないのだから。

でも、と彼は思い直す。書くのではなくこれまでのことをまとめて話した動画をアップするというのは、悪いことではないかもしれない。どれくらい再生数を稼げるかわからないが、どうせ他にすることもないのだ。

〝とあるパーティに出席したら後輩にまつわる奇妙な事件に巻き込まれちゃったんですよ。ある有名人もそこに絡んでくるんですけどね。容疑者が出入りできない密室状態での殺人！　被害者が最後にメールをやりとりしたのが他でもない俺なんですけどね〟

　頭の中で喋《しゃべ》ることを考えていた。いや、最後にやりとりしたのは俺だけではない。もうひとり、いた。

「気になるのは、葛山が俺のメールを読んだ後に『相談』したって相手だな。誰なんだろう？」

「それなら警察が調べるさ。スマホの着信履歴とか調べれば一発でわかる」

　桑原が答えた。確かにそのとおりだ。問題は警察が摑んだ情報を手に入れることができないということだった。

「だけどあの刑事、教えてくれないだろうな」

　裕太が言うと、

「捜査上の秘密だからな。でも、まったく無理ってわけでもないだろ。何事も交渉次第だ」

　桑原が妙に自信ありげに応じた。

「ほら、俺たちには取引の材料もあるんだしさ」

「取引材料？」

「本永七海と広浜優美のことだよ。彼女たちも立石セナいじめの関係者で、しかもすでに死んでいる。このことは警察もまだ知らないじゃないか。多分俺たちが話さなかったら、ずっと警察は情報をつかめないままでいると思うぞ」

たしかにこのことは話していない。

「……もしかして、取引の材料に使うために警察に話さなかったのか」

「それはおまえだろ。おまえが話さないから何か魂胆があるんだろうと思って俺も話さなかったんだ。そうなんだろ？」

「え、いや……まあ、な」

本当は言いそびれただけなのだが、そう打ち明けるのが躊躇《ためら》われた。

「やっぱりな。うっかり刑事に話さなくてよかったよ」

したり顔で桑原は頷く。

「きっとまた刑事は俺たちに接触してくると思う。そのときに取引だ。そしておまえは華麗な名推理を披露して、事件を解決する」

「俺がそんなこと――」

「できるって、おまえなら」

桑原は言った。

「俺は、信じてるんだ」

彼の真《ま》っ直《す》ぐな視線を受けて、裕太は何も言えなくなった。どうしてこいつは、こんなにも俺を買いかぶっているのだろう。ちょっと怖くなってくる。

裕太は口許《くちもと》にソースを付けたままの桑原を見て、小さく息をついた。

8

無料の動画編集ソフトではできることに限りがある。しかし有料のものは結構な値段だ。まだそこまで資金を注《つ》ぎ込む覚悟はできていなかった。なので裕太は無料ソフトを探して使っている。

編集しているのはセナの実家を探して歩いたときの動画だった。途中の中だるみするところを適当にカットしたり、説明が必要なところにテロップを入れたり、場所が特定できそうな箇所にぼかしを入れたりして、なんとか形にできた。そのまま勢いでネットに公開する。

この後、続けてセナのこと――そして本永七海や広浜優美、そして葛山晴香のことを語った動画を作成するかどうか、まだ迷っている。ここまで踏み込むと、本当に後に引けなくなるかもしれない。その覚悟はまだ、できていなかった。

じわりと暑さを感じる。梅雨《つゆ》が終わって本格的に夏を迎えたようだ。部屋に閉じ籠《こ》もっていると季節を感じにくいが、それでも気温と湿度は変わっていく。裕太は椅子から立ち上がると伸びをした。

ドアをノックする音が聞こえた。

――裕太、いる？

母親の声だった。咄嗟《とっさ》に今日が日曜であることに気付く。父親と話せと言われていた。拒絶するための言い訳を考える。しかし思いつく前に母親が言った。

――あの……警察のひとが、来てるんだけど。裕太に会いたいって。

警察……意外な言葉に思考が停止する。警察？　どうして？　悪いことなんかしてないのに。どうして？　まさか、さっきYouTubeにあげた動画が何か問題だった？

――瑞穂警察署のひとだって。

続く母の言葉に、あ、と思う。そっちか。俺が逮捕されるとか、そういうんじゃないんだ。安堵《あんど》しかけて、しかしすぐに不安に駆られた。どうして家にまでやってくるんだ？　やっぱり何か疑われているのだろうか。どうする？　逃げるか。いや、ここで逃げ出したりしたら逆に怪しまれる。居留守を使うこともできないだろう。

裕太はドアを開けた。母は不安げな眼をしていた。

「何か、あったの？」

「何でもない」

そう言って母親の横を擦《す》り抜け、下に降りた。

玄関に立っていたのは思ったとおり、渋沢と篠崎だった。

「こんにちは。昨日はありがとうございました」

渋沢が大柄な体を折って頭を下げる。篠崎はその後ろで小さく会釈《えしゃく》した。

「何か、ありました？」

警戒しながら尋ねると、

「確認したいことがありまして」

渋沢は言った。昨夜同様、感情を表には出さない。しかし裕太は不吉なものを感じた。これからあまり楽しくないことを聞かされそうな気がした。

「葛山晴香さん以外に立石セナさんの同級生の方をご存じないですか」

知っている。しかし答えていいものかどうか。

「それは……彼女たちは俺よりずっと後輩なんで、直接面識はないんですけど」

「それでも結構です。どなたかご存じではありませんか」

その尋ねかたで察した。向こうは俺が知っていることを、知っている。下手に隠し立てはしないほうがいい。

「本永七海さんというひとと、広浜優美というひとの名前なら聞いてます」

渋沢は相変わらず無表情だった。しかし篠崎は違った。裕太が本永の名前を出したとき、かすかに眉を動かした。

「そのおふたりは、どういう方なんでしょうか」

渋沢は同僚のかすかな感情の発露に気付いていない。重ねて尋ねてきた。

「葛山さんの友達だったということくらいしか知りません」

「そのふたりからも話を聞くつもりだったんですか」

「いえ。それは……無理だとわかってましたから」

裕太は中学の創立記念パーティで三人の名前を教えられた経緯を話した。

「本永さんも広浜さんも名前を教えられたときに亡くなっていることも知らされたんですね？」

「ええ。だから取材しようなんて思いませんでした」

「当然ですね」

渋沢は頷いてから、

「どうして昨日、その話をされなかったんですか」

「訊かれなかったからです」

裕太は即答した。当然訊かれると思っていた質問だった。逆に尋ねた。

「とっくに死んでるひとたちのことが、今回のことに関係してるんですか」

「関係があるのかどうか、今はまだわかりません」

渋沢は言った。

「中学時代に仲の良かった三人が相次いで亡くなった。それだけのことかもしれません」

本当にそれだけのことだと思っているのか、その言葉だけでは察することもできなかった。

「警察は葛山さんが自殺したという見方を変えていないんですよね？」

確認するために訊いたつもりだった。しかし刑事たちの反応は、予想と違っていた。感情が表れやすそうな篠崎だけでなく渋沢までもが表情を変えたのだ。裕太は重ねて尋ねた。

「葛山さんが俺のメールを受け取った後で連絡を取った相手のことはわかったんですか。そのひとに訊けば死ぬ寸前の葛山さんのことがわかると思うんですが。それとも、そういう人物はいなかったんでしょうか」

「いえ、いたようではありました」

含みのある言いかただった。

「葛山さんの携帯電話の履歴を調べたところ、当日の00時17分に電話をしています」

「相手は誰でした？」

当然の質問だった。しかし答える渋沢のほうは随分と躊躇《ためら》っている。やはり捜査上の機密だから話せないのか、と裕太は思った。が、そうではなかった。渋沢がその後、躊躇いながら言ったのだ。

「本永さんでした」

「……は？　本永さん？」

一瞬、聞き間違えたのかと思った。

「どうして亡くなった本永さんが……ああ、もしかして、本永七海さんの家族の誰か、ってことですか」

「そうではないんです。葛山さんの発信履歴に残っている電話をかけた相手は、本永七海さんの電話番号でした」

やはり理解できない。このひとは何を言っているのか。

「本永七海さんは亡くなっているんですよ、ね？」

「ええ。あらためて確認したところ、昨年九月に母校である中川中学の校舎から飛び降りて亡くなっていました。記録も残っていますし、ご遺族にも確認済みです。しかし発信履歴上では葛山さんが電話をかけた相手は本永さんでした」

「どういうこと……」

裕太は混乱する。葛山は死んだ人間に電話をして、相談したと？　考えれば考えるほど、意味がわからない。

「……葛山さん宛の電話のことはひとまず置いといて、他に電話をした記録はないんですか」

「亡くなった日には、他に電話をした相手はいません」

あっさりと言われた。裕太は髪を掻きながら考える。そして、ふと思いついた。

「……もしかしたら電話じゃないのかも」

「え？」

「たとえばLINEとかSkypeとか通話できるアプリはいくつもあります。俺も使ってるけど、そういうアプリを利用したなら普通の電話の通話履歴には残っていないと思います。本永さんに電話したというのは、きっと間違いです。いや、履歴が間違いだっていうんじゃなくて、葛山さんがうっかり電話帳に入れたままにしていた本永さんの電話番号に触ってしまって発信履歴が残った、ということではないでしょうか」

「……なるほど、鋭い考察です」

渋沢の言葉には、棘《とげ》というほどではないが肯定的ではなさそうなニュアンスが感じられた。予想どおり、彼女は「しかし」と続けた。

「しかし、そういうことではないようです。葛山さんのスマホにはたしかにLINEアプリが入っていました。他には……」

渋沢が視線を向けると、篠崎が代わりに答えた。

「Skypeはありませんでしたが、FacebookのMessengerやTwitterのダイレクトメッセージ、それともちろんメールやメッセージアプリもありました。しかしそのどれにも当該時間にやりとりをした記録は残っていませんでした。ちなみに葛山さんは他にパソコンなどを所持しておらず、固定電話も契約していません」

「今の世の中、直接顔を合わせたりしなくても、やりとりする方法はいくつもあるというわけですね。便利になったものだ」

渋沢が感想を述べる。

「しかし今回の場合、その他のどれも利用されていないことが確認できています。中村さんからメールを受け取って二度目の返事を送るまでの間、葛山さんが発信した記録が残っているのは本永さん宛のものしかないんです。そしてもうひとつ、気になることがあります」

「何でしょうか」

「発信履歴によると葛山さんが本永さんに向けて電話をかけたのは、今年に入って三回ありました」

「え……？　でも、本永さんは去年亡くなっているんですよね？」

「そうです。葛山さんはしかし、本永さんの死後も何度か彼女の番号に電話をかけています」

「そんな……おかしいですよ。死んだひとに電話をするなんて。そもそも葛山さんの電話番号、まだ使えてるんですか。使用者が亡くなったら契約も終わるはずでは？」

「契約者が死亡した場合、解約の手続きをして初めて解約されます。本永さんの場合は、それがされていませんでした」

「解約してない？　どうして？」

「本永さんの親族、具体的にはお父さんに尋ねたんですが、ある理由から七海さんの携帯電話を解約しなかったと答えています」

「ある理由というのは？」

「中川中学の校庭で発見されたとき、七海さんはスマホを所持していませんでした。飛び降りたと考えられている校舎をくまなく捜索したが見つからなかったそうです。当時彼女が暮らしていたアパートにもありませんでした。どこかに消えてしまったんです」

「消えた……まさか、誰かが……」

「そう。誰かが持ち去ったのかもしれない。お父さんはその可能性があると考えているそうです」

「持ち去ったって……じゃあ、七海さんのお父さんは、彼女が自殺したんじゃないと思ってるんですか」

「自殺なんてする子じゃない、と言いつづけているそうです。何者かによって落とされた。そしてスマホを奪われた。そう考えているようです」

「七海さんのスマホは今でもその何者かのところにあると？」

「だとしたらその人物と連絡が取れるかもしれない。そう考えたお父さんは契約を継続し、携帯料金を払いつづけています。そして毎日、七海さんの番号に電話をし続けているそうです」

「毎日……それで、応答はあるんですか」

「一度もないようですね。『お掛けになった電話は電波の届かない場所におられるか電源が入っていないため、かかりません』というメッセージが流れるだけで」

「それって、誰かがスマホを奪ったのではなくて、どこかに落としてしまってたんだとは考えられませんか。だとしたら、とっくに充電は切れてるはずですから、電話をかけたらそういうメッセージが流れるはずです」

裕太は思いついたことを訊いてみた。

「そのとおりです。警察でもそのように考えていました。スマホは葛山さんが紛失したのだと。彼女は殺されたのではなく、自殺したのだと」

「どうして自殺だと判断できるんですか」

裕太が尋ねると、渋沢は説明する。

「本永さんが校舎に忍び込み、三階の三年一組の教室の窓から落下したのは明らかでした。窓が開いていましたし、窓の下には彼女の靴が残っていましたから。そして教室のドアには内側から掃除用のモップが立てかけられて開かないようにされていました」

「内側から、ですか」

「ええ。やったのは本永さんしか考えられない。誰かが彼女を窓から突き落としたとしても、モップがドアに立てかけられて固定された状態で外に出ることは不可能です」

渋沢の言葉を裕太は頭の中で咀嚼する。同じだ。

「葛山さんのときと同じですね。どちらも他の誰かが出入りしたとは考えられない状況で窓から落ちて死んでいる」

「やはりその点が気になりますか」

「仲のよかった同級生がふたり、同じような状況で死んでるなんて、偶然にしてはちょっと……そう思います」

「そう考えても当然かもしれませんね」

渋沢はあっさり同意する。

「じつは警察内でも同じような意見を持っている者が何人かいます」

そう言って隣に立つ篠崎を見た。彼は小さく会釈《えしゃく》する。しかし何も言わなかった。

「そんなわけで、我々としても本永七海さんの件も含めて再検討が必要と判断し、こうして中村さんにもお話を伺いに来たわけです。あなたは今までの話を聞いて、何かお考えはありますか」

「考えって……警察のひとが一般人の俺に意見を聞くんですか」

少し意外に思いながら尋ね返す。

「参考にしたいんです。桑原さんからあなたは頭の切れる方だと伺ったので」

あいつ、警察にまでそんなことを。

「桑原にも話を聞いたんですか」

「ええ。中村さんなら事件の謎を解き明かすことができると仰《おっしゃ》ってましたよ」

「あの馬鹿……」

裕太は思わず顔を顰《しか》める。

「俺なんて、そんな大層なものじゃ……」

「ライターをされているとか。どんなものを書かれているのですか」

「それは……」

追いつめられた気分だった。警察にまで追及されるなんて思ってもみなかった。

「俺は……ライターなんかじゃないです。YouTubeで動画配信をちょっとだけしてて……」

「ユーチューバーというやつですか。今どきっぽいですね。チャンネル名を教えていただけますか。観てみたいので」

「それは……ちょっと」

裕太が躊躇うと、

「調べればわかりますけど、手間をかけたくないんですよね」

重ねて言われる。脅しだ。拒絶しても警察は必ず調べだすだろう。渋沢はYouTubeのことなんか何も知らないみたいな言いかたをしているが「チャンネル名」なんて専門用語がすんなりと出てくるあたり、信用できない。

「……『ナカムラの部屋』って名前です。カタカナの『ナカムラ』」

「ありがとうございます。後で拝見します。それで、この事件についての中村さんのお考えは？」

「俺には考えなんか何もないです。ただ……」

「ただ？」

「さっきから話をしてて思いついたんですけど、葛山晴香さんが死んでいる本永七海さんの携帯番号に電話をしてたのも、もしかしたら七海さんのお父さんと同じ理由なのかもって」

「七海さんのスマホを所持しているかもしれない、彼女の死に関係しているかもしれない人物と連絡を取ろうとしていた、と？」

「それ以外に考えられないです。葛山さんも友達の死を疑っていて、スマホの持主とコンタクトを取ろうとしていたとしか」

「たしかにそう考えれば辻褄《つじつま》は合いますね。しかしそうすると彼女があなた宛のメールで書いていた相談相手というのが何者で、どうやって相談したのかという疑問に戻ってしまいます」

そのとおりだ。振り出しに戻ってしまった。

「すみません。俺にはこれ以上、何もわかりません」

正直に白旗を揚《あ》げた。

「そうですか。でもいろいろと参考になる意見を聞かせていただけたので、よかったです」

渋沢は慰《なぐさ》めるように言った。少しだけ屈辱感を覚えたが、彼女が発した次の言葉で、そんなことはどうでもよくなってしまった。

「やはり、さすがの観察眼ですね。榎保憲が起こした事件での中村さんの供述録取書をあらためて読み返したんですが、他の目撃者の誰より事実把握がじつに的確でした。どうしました？」

「…………」

言葉が出なかった。渋沢は察したように、

「驚かせてしまいましたか。すみません。じつはわたし、あの事件が自分の初捜査だったんですよ。わたし自身は他の目撃者の聞き取りをしてたんで中村さんとはお会いしてなかったんですが、上司があなたの名前を記憶してまして」

「そう……そうなんですか……」

かろうじて応じた。

「あの事件では中村さんも大変な目に遭われたんですよね。思い出させてしまって申しわけありません」

「いや……」

それ以上、何も言えない。

「あの、大丈夫ですか」

「……はい」

「本当に申しわけありません。こんなに驚かれるとは思っていなかったので」

かなり気を遣わせているようだった。しかしそれに応対する余裕はなかった。

渋沢は何度も謝り、そのまま引き上げていった。刑事たちがいなくなった後に裕太はその場に座り込み、両手で顔を覆《おお》った。

「大丈夫?」

母親の声がした。それまでキッチンのほうで会話を聞いていたらしい。裕太は顔を覆ったまま小さく首を振った。

「お水、持ってこようか」

「……いい」

ふらふらと立ち上がる。

「自分で、飲む」

9

――えー、今日は大事な話をしたいと思います。いつも大事な話をしてなかったんかいって感じだけど、まあ、そういうのとは違って……その、俺がこうなってしまった……つまり、引き籠もらざるを得なくなった、ある事件について話したいと……あー、思います。みんな知ってるかもしれないけど、十年前に名古屋の栄で無差別通り魔事件ってのがありました。日曜日の人出のすごい繁華街で、男がミリタリーナイフを振り回して、たくさんのひとを襲いました。軽傷者は四人で、重傷者が三人、それから五人が死にました。そのうちの軽傷者として数えられている四人のうちのひとりが、俺です。あの日、俺はあの場にいて、あいつに襲われました。

ディスプレイに映る自分はカメラに視線を合わせたかと思うとすぐに伏せ、挙動不審に見える。声も張りがなく聞こえにくい。到底このままでは配信できない。リテイク必至だ。見るに堪《た》えない。

しかし裕太は我慢して、この失敗作を見つめつづけた。

――あの日、俺は午前中に仕事で得意先回りをしてて、その後栄に昼飯を食いに行きました。その後すぐに会社に帰らなきゃいけなかったんだけど、どうしても帰る気になれなくて、久屋大通公園をぶらぶらしてたんです。前にも話したけど勤めてたのがひどいブラック企業で、あの頃の俺はかなり疲弊してて、いっそこのまま逃げ出したいなんて思いながら公園を歩いてました。でも逃げる勇気なんかなくて、だから今この瞬間に隕石《いんせき》が地球に落ちてきて破滅してくれないかなとか、ゾンビが襲ってきて文明が終わりにならないかなとか、そんなことを考えてたと思います。会社なんか辞めたきゃ辞めちゃえばいいのに、それができなくて、誰かが世の中をメチャクチャに壊してくれたらって他力本願しちゃってたんですよね。そしたら……なんか三越のほうで騒がしい感じになって、喧嘩《けんか》でもしてるのかなって思ってたら悲鳴とかあがりはじめて、それでも俺、噴水の近くでぼんやり突っ立ってたんです。そしたら今度はみんなが走りはじめて、なんか逃げてるみたいで、よくわかんないから相変わらず突っ立ったまま眺めてたんですよね。そしたら男がひとりふらふらっと出てきて。三十歳くらいに見えたかな。五月の終わりで結構暑いくらいだったのに、迷彩服の上に黒いベストを着てたと思います。手袋もしてたし、随分暑苦しい格好だなって最初は思ったんです。そいつがバス停のところにいた年寄りに近付いていったんですね。その年寄りがそいつを見て急に逃げようとしてよろよろってなって地面に尻餅を突いたところに、そいつは飛びかかって手を振り上げて……光ったんです、手が。あ、刃物持ってるってわかった。その手を振り下ろして……何度も……。それからこっちに向かってきた。咄嗟《とっさ》に思ったんです。これヤバいって。逃げなきゃって。でも動けなかった。気がついたらね、俺もあの年寄りみたいに地面に尻餅突いてたの。立たなきゃって焦《あせ》ったんだけど全然動けない。どうやって立ったらいいのかわかんなくて。そしたらあいつがどんどんこっちにやってきて。で、俺と噴水の間にもうひとり、いや、もうふたりいたんです。男と女の子。あいつはそっちに歩いてって、男はそいつのこと全然気付いていないみたいで女の子に話しかけてて、女の子は……こっちを見て……いや、とにかくあいつはふたりのほうに近付いていって、後ろ向いてる男の背中に刃物をズンって。叩くみたいにして何度も。血がぶわって……刺された男が悲鳴をあげたのも聞こえました。その男が倒れたら、あいつはまわりをぐるぐる見回して。女の子は……どうしたのかな。姿が見えなくなってて。逃げたんだろうな。そんでそいつ、俺に気が付いた。初めてね、そいつと眼が合ったんです。あいつはナイフを持ったままこっちに近付いてきたんです。殺される。そう思いました。逃げなきゃ。わかってた。殺されちゃう。でもね、動けないんですよ。体が自分のものじゃないみたいで動かしかたがわからない。あいつはどんどん近付いてきて。顔もはっきりわかって……怖い顔なんかじゃ全然なかった。お面みたいな、表情のない、つるんとした顔してた。俺に向かってすたすた歩いてきてナイフを振り上げて……ああ、死ぬって思った。もう死ぬって。

ディスプレイの中の自分は淡々と話している。感情が削《そ》げ落ちたみたいだった。

同じだ、と思った。あのときナイフを手にこちらに向かってきた通り魔と同じ顔をしている。あのときの奴も、奴について話している自分も同じなんだ。こんなふうにしか自分は奴のことを話せないのだ。

——でもね、俺に襲いかかる前にそいつ、急に立ち止まって向こうのほうを見てて。俺も同じ方向をみたら、ちょうど警察が駆けつけてくるところで。あいつもそれに気がついたし、俺も気がつきました。そいつは今まで持ってた血まみれのナイフを捨て、ベストからまた別のもっと大きなナイフを取り出したんです。そしてウオッとか大声をあげて警察のほうへ走りだそうとしたんです。あいつ、警察と戦う気だったんですよ。そのとき、どこからともなく現れたおじさんが、いきなりラグビーみたいにそいつの足にタックルして持ち上げて転がしたんです。そしてあっと言う間に地面に捩《ね》じ伏せてナイフを放させて。あいつ、痛い痛いって叫んでた。やめてくれって。あんなことしておいてやめてくれってねえ。喚《わめ》いてもやめてもらえるわけない。それからすぐにたくさんの警官が組み付いてあいつの姿が見えないくらいになって。そんで警官のひとりが俺を助けに来てくれて。大丈夫ですかって訊いてくれた。それでやっと自分が助かったってわかりました。

ここで一旦言葉を切り、ペットボトルの緑茶に口をつける。再び話しはじめたときには声が少し落ち着いていた。しかし表情は変わらない。

――その後、警察のひとに助けられて救急車で病院に運ばれて診察されました。自分で転んで手の甲を擦《す》りむいた程度だったけど、それでも事件の被害者にカウントされるんですね。俺も軽傷者のひとりになりました。それから刑事に話を聞かれて、覚えているかぎりのことは話しました。細かいところまでよく覚えてますねって、褒《ほ》められたのか疑われたのかわかんないけど。いや、この事件の犯人ははっきりしてるんだから俺が疑われるような心配はしなくていいんだけど。とにかく警察で話をして、それから家に帰って自分の部屋に入って……それからもう、出られなくなりました。三日間、トイレに行く以外には部屋から出なくて、三日目に風呂に入ったけどやっぱり家の外には出られなくて。襲われそうになったのがトラウマになった、ってのもたしかにありました。でもね、本当はね、会社に行けなかったことが怖かったんですよ。あの日、俺はすぐにでも会社に戻って締切りのある大事な仕事をしなきゃならなかった。なのにその締切りをすっ飛ばしてしまった。会社に戻ったらどれだけ叱《しか》られるか。もちろん通り魔に襲われたんだからしかたないっていえばしかたないんだけど、でもきっと会社の上司はそんなこと認めてくれないと思ったんです。風邪をひいて熱があっても『熱があろうと何があろうと、這《は》ってでも会社に出てこい！』って怒鳴るような人間でしたから。本当にそういうこと言うひと、いるんですよ。だからね、怖くてもう会社に行けなくなったんです。ほんと、俺を殺そうとした榎保憲って通り魔より、上司のほうが怖かった。それっきり、俺はこんな人間になってしまったわけ。今でもナイフを持ってこっちに向かってくるあいつのことを夢に見ます。トラウマなのはそっち。だけど俺を引きこもりにしたのは、ブラックなあの会社とブラックなあの上司でした。もういい加減、あの呪縛から逃れたいと思うんだけど、どうやったら逃れられるのか、わからないままなんです。だから……えっと……いや……。

しばらく口籠《くちご》もった後、動画は途切れた。ここで停止ボタンを押したのだ。

自分の動画を最後まで見終え、裕太は深く息をついた。これはやはり、公開することはできない。出来が悪いこともあるが、この話を世に出す気にはなれなかった。

部屋に引き籠もるようになった頃、何度も同じような夢を見た。辞めたはずの会社でまだ働いていて、上司がしつこく叱責《しっせき》してくる夢だ。上司の責める声はどんどん大きくなってきて、気がつくと中学校の時計塔に縛りつけられている。上司がやったのだ。あいつは上司で、しかも俺をいじめていた同級生でもあった。奴は牛刀のような大きなナイフを振り回しながら喚き散らす。そして遂には身動きできない裕太の胸をナイフで突き刺し、言うのだ。おまえはこれくらいされないとわからないんだろ。おまえは死んでやっとわかるんだ。そうだろ。上司は罵《のの》りながら何度もナイフを突き刺してきた。裕太は悲鳴をあげて眼を覚ます。自分の部屋にいることに気付き、泣きそうなくらい安堵《あんど》する。ここしか、自分を守れる場所はない。ここが自分の結界だ。ここにいる限り、奴らは夢の中までしか現れない。奴ら……中学で俺をいじめていた奴らも上司も、ここには来られない。

もし、あの動画を公開してしまったら、あいつらを呼び寄せてしまうことになるのではないか。不条理な考えが頭を過《よぎ》る。やっぱり駄目だ。あの動画は表に出せない。何か他のネタを考えよう。

ブラウザを開き、YouTubeにアクセスする。この前アップした立石セナの実家を探して歩いたときの動画の再生数が千を超えていた。今までで一番動きがいい。やはり立石セナという名前の力だろう。

コメントもぼちぼち寄せられている。

【セナちゃんかわいい。会いたい】

【セナちゃんの近くに住んでたなんてうらやましい】

【結局セナ出てこんやん。つまらん】

【せめて親の顔を出せや】

【他人の家を特定しようとするのは許されない。プライバシーって言葉を知らないのか】

【相変わらず声はいいね。無駄遣いしてるけど】

【てめえの家も特定してやろうか】等々。

つまらないコメントばかりだ。でもしかたないだろう。つまらない動画に立派なコメントが付くとは思えない。

自嘲《じちょう》気味に思いながらマウスで画面をスクロールしていた指が、止まった。比較的長いコメントが書き込まれていたのだ。

【懐かしい景色です。子供の頃から知っている、その道を歩いて学校に通いました。今まであったものが消えて更地にされてしまったのは淋しいです。何もかも移ろっていくのですね。思わず「Verweile doch, du bist so schön!」と叫んでしまいたくなります。電話に出た不動産屋さん、ぶっきらぼうなひとでしたね。あれで商売できてるから不思議です】

裕太はその文章を何度も読み返した。そして「Verweile doch, du bist so schön!」という文章をマウスを使って範囲選択し、検索にかけてみた。すぐにゲーテの『ファウスト』の有名な台詞《せりふ》だとわかった。日本語では「時よ止まれ、おまえは美しい」と訳される。

ファウスト……。

――文化祭でクラスの出し物として「ファウスト」のお芝居を上演することになって、わたしはマルガレーテ役を演じさせていただきました。

まさか……セナ？

　投稿者のアカウントをクリックして当人のチャンネルを覗《のぞ》いてみた。が、概要には何も書かれていないし動画の投稿もなかった。見る専――動画を見るためだけに登録したアカウントのようだった。当然だが裕太のようにメールアドレスを公開してもいない。これでは相手とコンタクトの取りようがなかった。アカウント名は「xxxxxxpnmn」と無意味なアルファベットで、これも手がかりにはなりそうにない。だから確証はなかった。しかし裕太は、このコメントを書いたのが立石セナ本人であるような気がしてならなかった。それを確認するためにも、連絡を取ってみたいのだが。

　試しにアカウント名を検索にかけてみたが、やはり成果はなかった。これ以上できることといったら、コメントにレスを付けることくらいしかない。

【コメントありがとうございます。以前、近所に住んでいた方ですね。『ファウスト』はじつは読んだことがありません。でも映画は期待しています】

　この後に【よろしければ連絡ください】の一文を入れるかどうか迷い、考えた末にやめておいた。もしも推測が間違っていたら関係ない人間とコンタクトを取ってしまうことになる。それは避けたかった。それに、本当に本人だったとしても、それはそれでやはり気後れしてしまう。

いや、いくらなんでもセナ自身があの動画を観てコメントを付けるなんて、あり得ない。

でも……。

想像と妄想がまぜこぜになって頭を混乱させる。少し気持ちを落ち着けよう。裕太はYouTubeのホームに移動する。チャンネル登録している芸人の動画でも観て気を紛《まぎ》らわせるつもりだった。

クリックした途端、真っ先に眼に飛び込んできたのは、セナの顔だった。思わず息を呑《の》む。

最近セナの動画を立て続けに観たせいか、YouTubeに「こいつは立石セナのファンかも」と認定されたようだ。関連の動画をおすすめされるようになってしまった。彼女の顔がアップになったサムネイルが並んでいる。いいかげんにしてくれ。スクロールして消そうとした。しかしマウスに乗せた指が、そのとき止まった。

裕太の眼は、ひとつのサムネイルに釘付けになった。

セナが真っ直ぐにこちらを見つめている画像だった。その視線が裕太の感情を揺るがせる。まただ。またあの感覚が襲ってきた。

一体何なのだろう。どうしてセナの顔を見るたびに、こんなに心がざわつくのか。

裕太はマウスのポインタをそのサムネイルに合わせ、クリックした。

それは映画の予告編動画だった。この前テレビでも宣伝していた新作だ。タイトルは「おまえは生きなければならない」とある。ずいぶんと大仰な題名だ。ゲーテの『ファウスト』を土台にした作品だと言っていたが、このタイトルも関係があるのかもしれない。そう言われてもゲーテなど読んだことはないが。

物語は悪魔と取引して若返った男と、その男に誘惑される女性を主軸とした恋愛もののようだった。セナが誘惑され悲劇に堕《お》ちていくヒロイン役だ。舞台は昭和の日本のようだが、悪魔だけでなく異形《いぎょう》の妖怪みたいなものも出てきて、ビザールな雰囲気が横溢《おういつ》している。予告編だけでは全容が摑みにくい。正直、自分の肌には合わない作品のような気がした。

動画の終わり近く、男の誘惑に身を持ち崩し、ついには母と実子殺しの罪で牢獄に囚《とら》われているセナに向けて、男が「おまえは生きなければならない！」と叫ぶ。それに応じるように彼女は顔を上げ、こちらを見つめる。サムネイルで表示されていた、あの表情だ。そのアップで動画は終わった。

観終えた後も裕太は、ディスプレイを見つめたまま動けなかった。

思い出したのだ。彼女が誰なのか。

倒れた老女に向けて光る刃物が何度も振り下ろされるのを、裕太は芝居でも見ているような気持ちで眺めていた。

そう、襲っている者も襲われている者も、そして光る凶器も、何もかもが作り物めいていた。あまりに非現実的で、自分と地続きの世界のこととは思えなかったのだ。

襲っていた迷彩服の男は、老女が動かなくなると刃物を持ったままこちらに近付いてきた。そのときでさえ、何を意味しているのか理解できなかった。

男が次に狙ったのは、男女のふたり連れだった。男性のほうは二十代後半、そして女性はまだ十代に見える少女だった。

不審者が接近していることに気付いたのは少女のほうだった。男性は少女に何か熱心に話しかけていた。

迷彩服の男は血の付いた大振りのナイフを手にしたまま、足早にふたりに近付いていく。次に何が起きるのか、裕太はわかっていた。わかっていて彼らに逃げろと呼びかけることもできなかった。体と感覚が自分のコントロールから外れ、停止してしまったようだった。

そんな裕太とふたり連れの間に迷彩服の男が入ってきた。男の肩ごしに少女の顔が見えた。こちらを見つめている。ナイフを構えた男を見ているのではない。その視線は真っ直ぐに裕太を捉《とら》えている。そう思えた。

その表情。そうだ。この顔だ。

この顔だ。

ディスプレイに映し出されるセナの顔を見つめ、裕太は心の中で繰り返す。この顔だ。この顔だ。これは、あのときの顔だ。

迷彩服の男——榎保憲に襲われようとする寸前、あの少女が見せた、あの表情。絶望でもない。恐怖でもない。これから彼女を呑み込むであろう運命を前にして、抗《あらが》うことも逃げることもなく、諦《あきら》めきって受け入れようとする。そんな顔をしていた。

サムネイルに表示されているセナの表情が、まさにそれだった。

あの子は、榎が襲おうとした少女は、セナだったのか。

十年前、彼女は十四歳。年齢的にも矛盾はない。あのとき、セナは裕太のすぐ近くにいた。そして一緒にいた男は榎に刺され、彼女は……。

裕太はネットで榎の事件を検索する。Wikipediaに概要が記されていた。被害者のうち死亡した者の名前もある。
須藤好子《すどうよしこ》（66）
須藤しずか（18）
二宮侑《にのみやたすく》（35）
市原綾子《いちはらあやこ》（70）
西条直樹《さいじょうなおき》（27）

怪我《けが》を負った者の名前は裕太を含め記述はなかった。怪我さえしなかったあの少女の名前は、まったくわからない。しかし裕太には確信があった。あの子は、セナだ。

あらためて事件による死者の名前を見た。年齢から推定すると、裕太が目の前で刺されるのを見た老女は市原綾子で、二十代後半の男は西条直樹だろう。

西条の名前を検索にかけてみる。いくつかのサイトがヒットした。どれも通り魔事件について書かれたものが掲載されている。それによると西条直樹は大阪在住のフリーターで、事件の日はたまたま名古屋に来ていたという。

たまたま、名古屋に。

ではどうして少女——セナと一緒だったのか。彼女とはどんな関係だったのか。

もう一度、あのときの様子を思い出してみる。西条が一方的に話しかけ、セナは黙っていた。

もしかしたら、ふたりには一面識もなくて、あのとき偶然あの場に居合わせ、西条がナンパしていたところだったのかも。そう考えるほうが自然な気がする。

あのときのことを、もう一度思い出してみた。西条がセナに話しかけているところへ榎が近付き……そうだ、最初はセナを狙っていたように見えた。しかしセナは襲われそうになったとき、西条の陰に隠れた。そう裕太の眼には見えたのだ。榎の眼にもそう見えたのだろうか。一瞬相手を見失い躊躇《ちゅうちょ》したようだったが、すぐにターゲットを目の前の西条に変えた。そして振り下ろされるナイフと悲鳴。西条のシャツがたちまち赤く染まる様を、裕太は自分の眼で見た。

これ以上は思い出したくない。忘れてしまいたい。それでも我慢して記憶を呼び起こす。西条が地面に倒れた後、榎は周囲を見回した。襲うつもりだった少女を捜していたのだろう。そのとき、セナの姿は……なかった。逃げたようだった。榎は彼女の代わりに裕太を見つけた。腰を抜かして動けなくなっている営業職の男だ。仕事をサボって栄をぶらぶらしているときに事件に遭遇した。真面目に働いていれば、あんな目に遭うことはなかった。しかし後悔しても始まらない。へたり込んで動けない裕太に、榎は迫ってくる。終わりだと思った。これで死ぬんだと。そして思った。これでもう、会社に行かなくてもいいんだ、と……。

突然スマホがマイム・マイムを奏ではじめ、裕太の追想を破った。突然のことに飛び上がりそうになる。見ると電話の着信だ。そういえば遥か昔に電話の着信音に設定したのを思い出す。何年もかかってきたことがないので、すっかり忘れていた。ディスプレイには番号しか表示されていない。間違い電話か、それともスパム電話の類《たぐい》か。出るかどうか躊躇したが、結局受話器ボタンをタッチした。

「もしもし？」

――中村裕太さんですか。愛知県警捜査一課の渋沢です。昨日はご協力いただき、ありがとうございました。

スマホから流れてきた声は、たしかに昨日家にやってきた刑事のものだった。

「あ……どうも」

安堵していいのか警戒すべきなのか判断できないまま、裕太はおずおずと応対する。

――突然すみません。じつはひとつ、お願いというかお伺いというか、お話ししなければならないことがありまして。

「何でしょうか」

――じつは……あ、その前に中村さんのYouTube、拝見しました。立石セナさんの実家を探す動画、とても興味深く観させていただきました。歩きながらセナさんの実家を見つけ出す経緯について話しておられましたけど、刑事の捜査活動にも通じる面白いものでした。やっぱり中村さん、洞察力がおありになりますね。

「はあ……どうも」

刑事の賛辞を手放しで喜ぶ気にはなれなかった。警察が自分のチャンネルを監視していると明言したようなものだからだ。無防備にあんな動画をあげたことを後悔した。まさか罪に問われたり取り調べを受けたりするようなことはないと思うが。

――それでですね、お電話したのは本永七海さんのことでして。今日、七海さんのお父さんが署にいらしたんです。お父さんも今回の葛山さんの件が七海さんが亡くなった件と関連があるのではないかと思われているようで、捜査の進捗《しんちょく》を聞きたいということだったんですが、わたしが状況報告をしているときに、中村さんのことも、つい話してしまったんです。七海さんと葛山さんの事件を調べているひとがいると。

「俺が調べてる？　それ、違いますよ。俺、そんなことしてません。俺はただ……」

うっかり首を突っこんで厄介なことになっているだけだ、と言いたかった。

――まあ、わたしもつい口が滑ってしまって。申しわけありませんでした。でも中村さんのことを本永さんのお父さんがずいぶんと気にされましてね。一度お会いして話をしてみたいと仰るんです。いや中村さんも何か証拠とか持っていらっしゃるわけではないので、と申したんですが、お父さんはどうしても会わせてほしいと仰いまして。もちろん中村さんの個人情報をお教えするようなことはできませんとお断りしたんですが……。

まさか、電話番号とか住所とか教えたのではないだろうな、と裕太は身構える。警察がそんな情報を洩《も》らすなんて、シャレにならない。

――お父さんから、ならば一度そのひとに会わせてくれないかとお願いされましてね。それでは先方の意向を確認してみますからと申し上げたんです。中村さん、ご迷惑でしょうが、本永さんにお会いいただけませんでしょうか。

「俺が、ですか。いや無理です。だって俺も何にも知らないんですよ。お父さんに話せることなんか何もありませんから」

裕太は即座に断った。

――それはわかっています。でも可能なら、お話だけでもしていただけませんか。中村さんが特に有益な情報を持っていないとわかれば、本永さんも納得されると思いますし。

「はあ……でも……」

——お願いします。対面の際にはわたしも同席しますから。中村さんにご迷惑がかかるようなことは決してありません。

渋沢もしつこく頼んでくる。刑事に懇願されて無下《むげ》にもできなかった。下手に拒絶すると面倒なことになりそうな気がする。

「……わかりました」

——ありがとうございます。面談の日時や場所はわたしから連絡しますから。よろしくお願いいたします。では。

そう言うと渋沢はそそくさと電話を切った。裕太は耳からスマホを離し、溜息をついた。どういうわけか、厄介なことが次から次へと襲ってくる。これも立石セナなんかに興味を持ってしまったからだ。今更後悔しても、しかたないが。

脳裏にセナの顔が浮ぶ。映画の予告編で見せたあの表情と、榎に襲われようとしてるときに見せた少女の表情が、また重なった。

まるで時限爆弾だ。十年の月日を経て爆発した。そして俺はその爆風にきりきり舞いさせられている。

10

面談は四日後に名古屋駅近くに建つホテルのラウンジで行われた。

「本永貞俊《もとながさだとし》です。今日はご無理を申しまして」

本永は席を立って裕太に頭を下げた。背は低いが横幅はそこそこある。四角い体型をグレイのスーツに押し込んでいた。五十歳前後だろうか。生え際がM字になった髪は短くカットされ、日焼けした顔も角張っている。顔をあげると大きな眼で裕太を見つめてきた。その視線には何かを渇望しているような色が見えた。

やっぱり厄介だな、と裕太は思う。このひとは俺から何かが得られると信じているのかもしれない。

「中村裕太です。あの、ご期待に添えるような話はできないと思うんですけど」

不躾《ぶしつけ》ではあったが、先手を打っておいた。相手は頷いて、

「お話を伺えるだけで結構です」

そう言って、また一礼した。

「とりあえず座りましょうか」

渋沢が本永に促した。今日は篠崎の同伴はなく、彼女ひとりだった。

「中村さんが七海の事件に関心を持たれたのは、立石セナさんがらみでのことと伺いました。セナさんと娘の関係はご存知ですか」

ウェイターがコーヒーをテーブルに置いて去った後、早速本永が尋ねてきた。

「関係と言っても、俺は先日中学の創立記念パーティで会ったひとに名前を聞かされたのが初めてだったので、そんなに詳しくは……」

予防線を張りながら答えると、

「七海が友達と一緒になってセナさんにいじめをしていたという話ですよね。それ、事実なんです。七海自身から聞きましたし、学校にも呼ばれましたから」

「時計塔の件で、ですか」

「そうです。まさか同級生をあんなところに縛りつけるなんて。本人はふざけただけだと言ってましたが、人様のお子さんにするべきことじゃない。あのときは、きつく叱《しか》りました」

本永は睨《にら》みつけるような目付きで言った。この顔で叱られたら怖いだろうな、と裕太は内心思った。

「七海さんは、どうしてそんなことをしたのか、話しましたか」

「話すには話したんですが、あんまり要領を得なかったんです。『あの子が悪いんだ。いじめられるようなことをするからだ』というだけで、具体的に何をしたのかと尋ねても『態度が悪い』だの『馬鹿にしてる』だの、どうも曖昧でした」

「……やっぱりですか」

裕太が思わず言葉を洩らすと、

「『やっぱり』というのは？　何か心当たりでもあるんですか」

と、訊き返される。裕太は一瞬しまったと思ったが、

「……俺も、同じだったからです」

しかたなく話した。

「俺も中学でいじめられてました。時計塔にも縛りつけられました。俺をいじめていた連中は、特に理由もなく俺にそんなことをしたんです。いや、彼らからすれば俺も、いじめられるようなことをしていたのかもしれない。陰気だったり何をされても言い返さなかったり、ちょっとだけ勉強ができたりとか。態度が悪いとか馬鹿にしてるとかっていうのも、同じです。いじめる側からすると、それでも立派な理由になってしまう」

「そんなもの、なんですか」

本永は納得いかないような顔付きで首を捻《ひね》る。このひと、いじめたこともいじめられたこともないいんだと裕太は思った。だから理解できない。

「そんなものだと理解してください。七海さんは本当の気持ちを言ったんでしょう。結局いじめる側の論理なんて、その程度のものなんです」

もしも本永七海が生きているうちに会うことができて話を聞けたとしても、多分これ以上のことは聞き出せなかっただろう。いじめる連中のメンタリティなんて、所詮《しょせん》この程度の薄っぺらいものでしかないのだ。目の前にいる父親には言わないが、裕太は心の中で七海を軽蔑した。

「七海と今回の葛山さんだけでなく、他にも亡くなった方がいましたね」

「広浜優美さんですか」

「そうそう。駅のホームから落ちた方です。三人とも立石セナをいじめていたという。そうだとしたら、娘はもしかして、そのときの復讐で殺されたのではないかと思うのですが」

「立石セナが犯人だと？」

「ええ」

「それは、あり得ないですよ」

裕太は即座に否定した。

「いじめはもう十年近くも前のことです。今更復讐するために三人もの人を殺すなんて、そんなことをする理由がありません」

「でも、そのときのことをずっと恨みに思っていたら？　中村さんは自分をいじめていたひとたちのことを許していますか」

唐突な問いかけに、裕太はたじろぐ。

「それは……許してはいません。許そうなんて思いませんから。でも、復讐なんて考えたこと、ありません」

「どうしてですか」

本永はしつこく問いかけてくる。

「今でも許していないのなら、今でも復讐したくなるのではないですか。だから殺したのでは？」

なんなんだ。大きく見開いた眼で見つめながら追及してくる本永を、裕太は恐ろしく感じた。なんなんだ、このひとは。まるで俺が娘を殺した相手みたいに責めてくる。

「冷静に考えてみてください」

裕太は宥《なだ》めるように言った。

「いじめられた人間にも人生があります。いじめられた経験だけじゃない、いろいろな出来事を積み上げてきた人生です。俺だってそうです。ろくなものじゃないかもしれないけど今まで生きてきた人生がある。人を殺したりしたら、その人生を全部駄目にしちゃうんです。そんなことをするわけがない。ましてや立石セナは芸能人で人気者です。そのキャリアを棒に振ることになります。あり得ませんよ」

「でも、今の自分の人生を打ち捨ててもいいくらいに復讐心に燃えていたら？　それとも……そう、いじめられていた過去を隠すために犯行に及んだということは考えられませんか」

「セナさんは、そんなこと思ってもいませんよ」

「どうしてそう言い切れるんですか」

「俺、セナさんのインタビュー記事を新聞で読んだんです。その中で彼女、自分がいじめられていたことを告白してるんです。『学校の校庭にあった時計塔に縛りつけられたこともありました』って。全然、隠してないんです。それに彼女、中学を出て芸能活動を始めることで自分を変えられたとも言ってました。彼女はいじめを乗り越えたんです。今になっていじめた相手を殺そうなんて、そんなことをする必要もないはずです」

裕太の話を聞いている間、本永は口をきつく結び、大きな眼で抵抗するように彼を見つめていた。

「そうなんですか、ねえ……」

そして辛《つら》そうに言葉を洩らした。

「じゃあ、誰が七海をあんな目に遭わせたんでしょうか。誰があの子を……」

「他殺ではない、とは考えられませんか」

「そんなこと……」

本永は更に眼を剝《む》いて、

「じゃあ、七海のスマホは誰が持っていったんですか。犯人しか考えられない」

「誰も持ち去らなかった。スマホは七海さんが紛失したのでは？」

「それこそ、あり得ません。あの子はスマホを大事に扱っていました。失くすようなことは絶対にありません」

自分に言い聞かせているかのような口調だった。

これ以上は無理だな、と裕太は思う。このひとは自分の考えに固執していて、何を言っても変えるつもりがない。しかしなぜ、こんなにも頑《かたく》ななのだろう。

「本永さん、七海さんは普段、スマホをどうやって所持されていたんですか」

それまで黙っていた渋沢が尋ねた。

「鞄《かばん》に入れてました。ショルダーバッグとか言うんでしたっけ、肩から下げるやつです」

「黄色い革製のものですね。七海さんの遺体の近くに落ちていました。鞄の中身も散乱してましたが警察で拾い集め、スマホ以外はすべて回収しました」

「知ってます。鞄の中身を確認したのは私でしたから」

「そうでしたね。本永さん、娘さんの鞄の中身をよくご存知でしたね」

「親なら当然でしょ。娘の鞄の中身くらい把握してますよ」

本永は何でもないことのように言い切った。

「なるほど、親ならね」

渋沢は納得したように頷く。

裕太は胸の奥がむず痒《がゆ》くなるような違和感を覚えていた。親なら娘の鞄の中身を知っていて当然？　何なんだそれ？

「あの……」

まずい、と思ったがもう遅い。声が出ていた。

「何でしょうか」

すかさず渋沢が尋ね返してくる。本永もこちらを見ていた。

「いえ、あの……」

「何か気になることがあるのでしたら、言ってください」

口籠もる裕太に、渋沢が発言を促してくる。まずい状況だった。何か言わなければならない。かといって「娘の鞄の中身を知り尽くしてるなんて本永さん、あんた気持ち悪いよ」などと言えるわけがない。

「……あの、ひとつ気になったんですが」

思いつきで話しだした。

「どうしてバッグが落ちてたんでしょうか」

「え？　どういうことですか」

本永がきょとんとした顔になる。

「いえ、だから……墜落死していた七海さんの傍《そば》に七海さんのバッグが落ちてたんですよね。ということは、七海さんは鞄を持ったまま教室の窓から飛び降りた？」

「そういうことになりますね」

答えたのは渋沢だった。

「ですよね。でも、それっておかしくないですか。自殺するのに鞄を持ったまま飛び降りるなんて」

「思いつめていたので、気が回らなかったとか?」

「そうでしょうか。だって七海さん、教室の窓の下に靴を脱いでたんですよね? 靴を脱ぐ余裕はあるのにバッグを持ってることを忘れてるなんて、そんなことあるんでしょうか。警察では問題にならなかったんですか」

「わたしが直接担当した事件ではありませんから詳細なことは知りませんが、記録を見たかぎりでは特に問題視されていなかったと思います」

渋沢はそう言った後で、

「しかし、確かに言われてみれば違和感がありますね。これはひとつ、調べてみる必要がありそうです」

「調べるって?」

問いかけた裕太には応じず、渋沢は本永のほうを見た。

「本永さん、今日はこの後、特に予定はないと仰っていましたね?」

「あ、はい」

「じゃあ、付き合ってください」

それから裕太に向き直る。意味ありげな笑みを浮かべていた。

「それから、中村さんも」

11

「何年ぶりですか」

　渋沢に尋ねられた。裕太は少し考え、

「卒業以来？　いや……何年か前に選挙の投票に来たことがありました。ここが投票所だったんで。それ以来かな。前を通るだけなら三カ月ぶり」

　そう答えながら、視線は目の前の建物を捉えていた。

　中川中学校の校舎は建て替えられておらず、裕太が卒業してからの年月分、古びていた。

　その校舎の前、生徒のいない運動場との境に赤い建造物があった。時計塔だ。

　視線を逸《そ》らせなかった。見たくないのに見ないではいられない。それどころか足は自然と塔に向かっていく。素っ気ない鉄製の塔の天辺《てっぺん》に丸い時計が据《す》えられている。

　赤い塗装はところどころ剝《は》げ落ち、錆《さ》びた表面が露《あらわ》になっていた。夕陽が長い影を運動場側に伸ばしている。

裕太は塔に手を伸ばした。冷たい感触。咄嗟にその手を引いた。

「中村さん、律儀に投票されるんですね」

ついてきた渋沢に言われた。話題を引き戻され、裕太は少し混乱する。

「ええ、まあ……」

たしかに引きこもりが投票に行くなんておかしいかもしれない。あのときは「引きこもりの人間に積極的に表に出てもらって社会貢献してもらいましょう」などと主張している候補を落としたくて、対立候補に投票しただけだ。政治的な関心はなかった。

「この時計塔、何か謂《いわ》れがあるんですか。他の学校ではこんなの、見たことないですけど」

また渋沢に訊かれた。

「学校が創立されたとき、初代校長が何か記念になるものを作りたいって言って発案したそうです」

裕太は在学時に富沢から聞かされた話を伝えた。

「最初はロンドンのビッグベンみたいな時計塔を作ろうとしたそうですけど、予算の関係でこんなのになったとか」

「ビッグベンとはずいぶんと雰囲気が違いますね」

渋沢が赤い鉄塔を掌《てのひら》で叩いた。

本永は時計塔と校舎の中間の地面を指差す。

「ここが、七海の倒れていた場所です。そう聞かされました」

示した先のアスファルトに痕跡らしきものは何もない。血痕《けっこん》は洗い流されたか、舗《ほ》装《そう》し直されたのかもしれない。

今から現場を見に行きましょう、と渋沢に言われたとき、正直断りたかった。嫌な思い出しかない学校になんか二度と行きたくなかったし——投票のために来たときはどこも見ないように走って出入りした——今更自分が行ったところで何かわかるとも思えなかったのだ。しかし刑事に言われたら断ることもできなかった。

裕太は隣に立つ渋沢の横顔をそっと見た。刑事なのにどうして一般人の俺を引きずり回しているのだろう。警察の人間がやることではないような気がする。本当に刑事なのか。いや、瑞穂署で会ったのだから間違いはないはずだ。でも、何かおかしい。

「わたしの顔に何か付いてます？」

こちらを見ないまま、渋沢が訊いてきた。裕太が見つめていることに気付いていたのだ。

「い、いえ……」

慌《あわ》てて眼を逸らす。渋沢は視線を上げた。

「この三階が三年一組の教室です。七海さんはあそこから真《ま》っ逆様《さかさま》に落ちた、ということです。まずは外観からだけでも何かわかりませんかね？」

誰に訊いている？　まさか俺に？　裕太は戸惑う。

見上げた校舎は昔と変わらないように見えた。

「……いえ、何もわからないです」

一応、答えてみた。

「本永さんはいかがです？　どうして七海さんはここから飛び降りようとしたんだと思いますか」

「わかりません」

本永は首を振った。

「七海さんはこの学校の三年生のとき、一組だったんですよね？　つまり自分が学んでいた教室から飛び降りた」

「私は、七海が自分で飛び降りたとは思ってないですから」

「そうでしたね。あなたは他殺説。そして中村さんは自殺説」

「いや……」

言いかけて裕太は口籠もる。

「ああ、バッグが七海さんと一緒に落ちていたことから、中村さんも自殺説には疑義をお持ちでしたね」

渋沢は言い直す。

「そして警察は今のところ自殺と判断しているわけです。正確には捜査陣の主立った者の見解ですが」

含みのある言いかただった。

「あの、それって……」

あなたはそうではないと考えているんですか、と尋ねようとしたとき、

「中村！」

声がかかった。振り向くと、見慣れた顔が近付いてくる。

「桑原……」

「どうしておまえ、ここにいるんだ？」

「そういうおまえこそ……ああ、ここに勤めてたんだっけ」

「そうだ。警察のひとが捜査に来るから応対してくれって言われてな。来てみたら、お馴染《なじ》みの奴がくっついてたんでびっくりしたぞ。何やってるんだ？」

「捜査に協力していただいているんです」

渋沢が代わりに答えた。

「ちょうどいいところにいらっしゃいました。ちょっとお尋ねしたいんですが、三年一組の教室というのは、ずっと昔からあの場所でしたか」

「ああ、そうですよ。俺たちが在学してた頃から変わってません。そうだよな?」

同意を求められ、裕太は頷《うなず》く。

「俺たちは三年二組だったから、その右隣でした」

「なるほど。教室の造りは同じですか」

「どの教室も同じですよ」

桑原が答える。

「出入り口はドアと聞いてるんですが、それは開き戸ですか、引き戸ですか」

「引き戸です。横にスライドして開けるタイプの」

裕太は記憶を掘り起こす。廊下を小走りに歩く生徒たち。何度も開け閉めされるドア。そして……。

「……桑原」

「ん?」

「廊下だけでいいから校舎に入れて……あ」

言ってしまってから自分で驚く。こんなに積極的なことを言い出すとは、我ながら予想外だった。

「何か？」

尋ねてきたのは渋沢だった。

「あ……ちょっと、確かめたいことがあったんですけど……でも、いいです」

途端に畏縮《いしゅく》してしまう。

「いや、気になることがあるなら確認してほしいです。桑原先生、教室に入ってもよろしいんですね？」

「ええ。もう授業は終わってるし、そういう話になるかもと思って、三年一組の教室に残ってた生徒は追い出しておきました。こちらへどうぞ」

脱靴場《だっかば》に案内され、そこから校舎に入る。裕太にとっては久しぶりのことだった。

「懐かしいだろ」

桑原が訊いてくる。

「ああ」

短く答えた。実際のところ、懐かしさより違和感のほうが強い。廊下や窓の形などは見覚えがあるのに、壁や天井の色合いなどは記憶と違っている。塗り替えたのかもしれない。あるいは記憶が間違っているのか。

階段で三階に上がり「3年1組」のプレートが掛かった教室の前に立つ。ここは記憶どおりだった。

桑原が引き戸を開けた。

「どうぞ。好きなだけ調べてください。中村もほら、入れよ」

「……あ、うん」

裕太は渋沢たちと共に教室に入った。

教室の中を見回す。やはりここも記憶どおりのものとそうでないものが混在している。

裕太は窓に眼をやった。時計塔が至近距離で見える。ここの生徒だった頃と同じ光景だ。

「七海さんの遺体が見つかったとき、開いていたのはこの窓ですか」

「右からふたつめ……そうですね」

渋沢が即答した。振り返ると自分の手帳を見ながら話している。

「開いていたのは、その窓だけだったそうです。そして、その窓の下に七海さんの靴が脱ぎ捨てられていました」

「ということは、七海さんはこの教室に土足で上がったということですね？」

「そういうことになります」

「それ、警察はおかしいと思わなかったんですか。あ、いえ、別に非難してるわけじゃなくて……」

裕太が付け足しのように言い訳すると、渋沢は意味ありげに微笑《ほほえ》み、

「非難とは思いませんよ。たしかに靴を脱がずに校舎に入り、この教室まで来たことに捜査陣が違和感を感じなかったわけではないようです。しかし七海さんが思いつめていたなら、そういうことも不自然ではないだろうと結論されました」

「そうですか。でも、靴を脱がずに校舎に入るくらい思いつめてたのに、どうして飛び降りるときには靴を脱いだんでしょうか」

「それってマナーみたいなものじゃないかな」

桑原が口を挟んだ。

「テレビとかで自殺のシーンがあると、よく靴を脱いだりしてるものな。あれってもしかしたら日本人だけかもしれないけどさ」

「日本人に特有の習慣だと聞いたことがありますね」

渋沢が頷く。

「桑原先生が仰るとおり、映画やドラマで自殺シーンを描くとき、自殺者の覚悟を表現する手段として靴を脱ぐシーンを挿入するそうです。切腹の礼法に似たものでしょうか。そういうものを観てきた日本人は、自殺の際には靴を脱がねばならないものだと刷り込まれてきたのかもしれません」

「刷り込み……そう、刷り込みなんですよね」

裕太は繰り返す。

「私は納得できないです」

本永が異を唱える。

「どう見ても、わざとらしいですよ。靴の件も、それからさっき中村さんが指摘していたバッグの件も、七海が自殺したにしては不自然すぎます」

「しかし教室のドアに立てかけられていたモップのことは、どう考えますか。内側からドアが開かないようにされていたんです」

「それは……」

本永が言葉に詰まる。

「そのことなんですけど……」

と、裕太はずっと気になっていたことを口にする。

「どうして七海さんは、ドアが開かないようにしたんでしょうか。普通に考えてドアが開かないようにするのは、外から誰かが入ってこないようにするためですよね。でも、夜中の校舎には忍び込んだ七海さん以外、誰もいなかったはずです。出入りできないようにする必要はなかったと思うんです」

「……なるほど、言われてみれば、そうだな」

桑原が感心したように言う。

「うん、たしかにおかしい。あのとき校舎にいたのは七海さんだけなんだから、閉じ籠もる必要なんかないはずだ。なのにどうして、そんなことをしたんだ？　中村、どうしてだかわかるのか」

「それは……わからないよ」

裕太は正直に答える。

「でも、もしかしたらって想像はある」

「どんなですか」

渋沢に尋ねられた。

「えっと、例えば七海さんが自殺するとき、誰にも邪魔されないように念には念を入れたから、というような。校舎には他に誰もいないとわかっていても、それでも万が一のことを考えて戸締りをしたのかもしれません。彼女が必要以上に用心するタイプだったら、そういうこともあり得るかなって」

「なるほど。警察の見解と同じですね」

「あ、そうなんですか」

「じつは捜査会議の中でも『他に誰もいないのに戸が開かないようにする必要があったのか』と疑問をぶつける刑事がいました。そしたら今の中村さんと同じような見解が示されまして、そちらの意見が採用されました」

「おかしい。それはおかしい」

本永が言い募る。

「『万が一』って何ですか。七海はそこまで偏執《へんしつ》的な子ではありませんでしたよ」

「七海さんは自殺しようとしていたんです。精神状態が普通ではなかったと考えられます。誰にも邪魔されないようにと思いつめた末に、そんな行動に出たのかもしれない」

渋沢は説明する。裕太はその口調にかすかな冷笑を感じた。

「あの、もしかして渋沢さんは、その警察の見解を信じていないんですか」

「そう思います？」

「いえ、あの……」

訊き返されて臆する裕太に、渋沢は軽く笑みを見せる。

「警察とは事実を見つけることを旨《むね》とする機関です。そのはずだとわたしは信じてきました。今でも信じています。しかし事実というのは解釈によって変貌します。その解釈はときに恣意《しい》的に曲げられることもある。あの日、この教室のドアが内側から開けられないようにされていたのは事実です。それをどう解釈するか。捜査会議では本永七海さんは自殺したという結論が先に出ていました。その結論に沿って解釈すると、先にわたしが説明したような理由、つまり七海さんが慎重になってモップをドアに立てかけたということになるわけです」

「警察は、どうして七海を自殺だと決めつけたんですか」

本永が問い質《ただ》すと、

「どうしてでしょうね。多分、そのほうが楽だったからでしょうか」

渋沢は答える。

「楽？　何ですかそれは？　どういう意味ですか!?」

「文字どおりですよ。自殺と断定してしまえば、それ以上の捜査は必要なくなる。手間が省《はぶ》ける」

「だから矛盾があっても無理やりこじつけて自殺ということにしてしまったと？　そんなひどいこと……許せませんよ」

「そうですね。許したくない。わたしも同意見です」

その言葉で裕太は気付いた。

「渋沢さん、もしかしてあなたは警察が出した結論を引っくり返すために、俺や本永さんを巻き込んだんですか」

「そのとおりです」

渋沢はあっさり認めた。

「葛山晴香さんの事件の関連で本永七海さんの事件の概要を知ったわたしは、納得のいかないものを感じました。この事件を自殺で片付けていいのだろうかと。もしかしたら葛山さんの事件と関連があるのかもしれない。だとしたらこちらの事件も蒸し返し警察の結論を覆す必要があると考えたのです」

「じゃあ、渋沢さんは自分が勤めてる警察に喧嘩を売ろうとしてるんですか」

「まさか。そんなことしませんよ」

桑原の言葉に、渋沢は苦笑して首を振る。

「七海さんの事件についてわたしは部外者です。口出しなどできないし、下手をすれば県警内で問題になる。だからあなたがたの力を借りようと思ったわけです」

「力を借りる、というより、利用しようとしているみたいな気がしますけど」

自分でも大胆なことを言ってしまった、と裕太は言葉にしてから思う。

「それも解釈の問題ですね。しかしお気を悪くされたのなら謝ります」

渋沢は頭を下げ、

「その上で、あらためて協力をお願いしたいと思います。警察が無視した矛盾点をなおざりにせず、より解像度の高い解釈で事実を突き止めていただけませんか」

「それを……俺に、ですか。そんな――」

そんな無茶な、と言いかけた。

「私からもお願いします」

本永が頭を下げてきた。

「娘の無念を晴らしてください。真実を見つけてください」

「助けてやれよ、中村」

桑原までもが言った。

「みんな、おまえを頼りにしてるんだから」

なぜだ。どうして俺なんかを頼りにするんだ。俺はただの引きこもりニートで最底辺のユーチューバーでしかないのに。なのにどうしてみんな、こんなにも俺に期待するんだ。

「俺は……」

俺は嫌だ、と言いたかった。この場から逃げたかった。しかし三人の視線が自分を捉え、離そうとしなかった。

何か言わなければ。それが間違っていてもいい。いや、むしろ間違っていたほうが、的外《まとはず》れなことを言って彼らを失望させてしまえばいいんだ。そうすれば期待されることもなく、ここから解放される。

「……俺は、ちょっと考えてみたことがあるんです」

思いつくまま、言葉を吐き出すことにした。

「七海さんが教室のドアを開けられないようにした理由が警察が言うように『念のため』というものでなかったとしたら、もうひとつの可能性が考えられるんじゃないかって」

「どんな?」

「えっと……」

桑原の問いかけに、裕太は必死に言葉を絞り出す。

「その……そう、教室に入ってきそうな誰かが本当にいた、ということだよ」

「それは誰ですか」

本永が尋ねてくる。裕太は首を振った。

「わかりません。でも……そういう誰かがいたのだとしたら、この事件の様相はまるで変わってきます」

どう変わってくるのか自分でもわかっていない。でも何か言わなければならない。

「だから……七海さんは自分から校舎に入ろうとしたんじゃなくて……そう、逃げ込んだんです」

逃げ込んだ……その言葉が自分の口から出た瞬間、視線は窓の外を向いていた。そこから見えるもの……道筋が見えたような気がした。裕太は続けた。

「七海さんは誰かに追われていた。そして学校に逃げ込んだ。もしも校舎に入ることができなかったら、その時点で追いかけてきた何者かに捕まっていたでしょう。しかしこのときはたまたま入ることができた。それが良かったのか悪かったのか……とにかく彼女は三年一組の教室へ向かった。なぜ？　七海さんもかつて三年一組の生徒だったから。この教室は馴染みのあるものだった。でも、それだけだろうか。ここには何か彼女を助けてくれるものがあったのではないか」

「何が助けてくれるというんだ？」

桑原の問いに、裕太は窓を指差した。

「あれだよ。時計塔」

——悪ふざけで教室から飛び移ったりする生徒もいて、先生ずいぶん怒ってたし。

創立五十周年のパーティで田岡や二宮たちが話していた。

「俺たちが在校してた頃でも、教室の窓から塔に飛び移った奴、いただろ」

「ああ、いたいた。ていうか、俺、やったことあるわ」

「え？　やったことあるの？」

「ああ。度胸さえあれば、それほど難しい距離じゃないからな。今やれって言われたら、ちょっと無理っぽいけど」

「じゃあ、もしかしたら七海さんも中学のときにやってみたことがあったのかもしれない。あるいは誰かが飛び移るのを見たとか。それで一《いち》か八《ばち》か、この窓から時計塔に向かって飛び出したのかも」

「まさか……」

本永が絶句する。

「でも、そう考えると辻褄《つじつま》が合うんです。ドアが開かないようにしたのは時間稼ぎをするためだし、靴を脱いだのはジャンプするのに邪魔だったから。そしてバッグが一緒に落ちていたのは七海さんがバッグを置いておけなくて持ったまま塔に飛び移ろうとしたんです。そのせいで失敗して落ちたのかもしれませんけど」

「じゃあ、七海は自殺したのではなくて、誰かから逃げようとしてここから落ちたと？」

「そう考えられます。校舎に逃げ込んだのが結果的に七海さんの命を奪うことになってしまった、ということです」

「なんて、なんてことだ……」

本永はやるせなげに首を振る。が、すぐに顔を上げて、

「誰なんですか。七海を襲った奴は一体誰なんですか」

「それは……さっきも言ったように、俺にはわかりません。本永さんは心当たりとかありませんか。七海さんは通勤のときにこの学校の前を通ってたんですよね。ストーカーとかいて待ち伏せしてたとか」

「そういう輩《やから》はおりません。七海には付き合ってた男もいませんでしたから」

本永は断言する。そうだった、このひとは娘の鞄の中身まで知っているのだった。

「でも、一方的にストーキングしてるような奴がいたりしなかったですかね？」

桑原が尋ねると、

「そんな奴なんか……」

言いかけて、言葉を呑み込む。

「心当たりでも？」

「いや、七海からそういう話を聞いたことはないので、いなかったとは思うんですが、こればかりは相手の勝手な横恋慕《よこれんぼ》かもしれませんし、七海の気付かないところで良からぬことを考えている者がいたかもしれません……いや、いたに違いない。そいつが七海を追い込んだんだ。そして七海が逃げ損ねて墜落したのを知っても助けもせず、スマホだけ盗んで逃げたんだ」

本永の声には怒気が滲《にじ》んだ。

「渋沢さん、これでわかったでしょう？　娘は殺されたんですよ。犯人を見つけて罰してください」

「中村さんの推理が正しかったとして」

と、渋沢は言った。

「だとしても本永さん、娘さんは殺されたのではありません。逃げる途中で事故に遭い亡くなったということになります」

「そんな……そいつが襲わなければ、七海はここから落ちなかったんですよ」

「経緯としてはそうでしょうが、事実は七海さんの過失です。もちろん七海さんを追いかけた者にも罪はありますが」

「そいつを捕まえてはくれないんですか」

「再捜査の具申はします。しかし正直なところ、難しいですね。警察はすでに結論を出している。それを覆すには推理だけでは不充分です」

「証拠がいるんですか」

　裕太が尋ねると、

「証拠というより、本人の自白が必要ですね。七海さんを襲った本人の」

「それがわからないから警察に頼んでるんですよ」

　本永が声を荒らげる。

「なのに肝心の警察が動いてくれないなんて。それじゃどうしようもないじゃないですか」

「なんとかなりませんか、渋沢さん」

　桑原も少し感情的になっていた。

「これじゃ七海さんが浮かばれないですよ」

「そうですね……できることがあるとすれば……」

渋沢は裕太に意味ありげな視線を向けた。

「ここは中村さんにお任せするのがいいかと」

「俺？　え？」

裕太は面食らう。

「どういうこと？　俺に何ができるって？」

「できますよ。あなたにしかできないことが」

渋沢は言った。

12

「……なんだこれ……」

パソコンのディスプレイを前にして裕太は思わず声を洩《も》らしていた。

動画をアップして半日も経《た》たないうちに再生数が一万を超えていたのだ。こんなことは初めてだった。

しかも、こうして見ている間にも再生数が増えていく。これが所謂《いわゆる》「バズる」というやつなのか。

気持ちが高揚する。ついにやった。バズった！

しかし高揚の時間は短かった。すぐに不安が押し寄せてくる。本当に大丈夫なのだろうか。下手にバズると、いろいろなところから眼を付けられてしまう危険がある。もしも警察とかがこの動画のこと知ったら……。

いや、それこそが渋沢刑事の目的なのだ。

「本永七海さんが命を落とした経緯について今あなたが話してくれた推理を動画にして、YouTubeで公開してほしいんです」

そう渋沢に言われたとき、意味がまったく理解できなかった。

「そ……そんなことできないですよ。だって今のは俺の推理っていうか想像でしかないし、肝心の七海さんを襲った人物の正体もわからないし、証拠も何もないんですよ」

「考察系とか暴露系とか言われてるユーチューバーが配信している動画のほとんどが、そういうものではないですか。根拠の薄い話でも、それが真実であるかのように明かして見せて耳目を集める。それにくらべたら中村さんの推理は具体的根拠があって、真実味は強いと思いますよ」

「でも、真実と断定されたわけじゃないです」

「それをするのは警察の仕事ですが、さっき言ったように今の状況では警察は動かない。だから中村さんに火をつけてもらいたいんです。今の推理を動画にして配信すれば、きっと評判になります。そうしたら警察も動かざるを得ない」

「渋沢さん、あなた本当に警察のひとなんですか。発想がまるで他人事《ひとごと》だ」

さすがに裕太は呆《あき》れた。

「他人事なものですか。わたしは真実を明らかにしたいんです。そのために警察の組織を動かしたいんですよ」

渋沢は真剣な表情で言った。

「お願いします、中村さん。力を貸してください」

バズるとは一体、どういうメカニズムで起きる現象なのだろう。裕太は自分がその当事者になって考えざるを得なくなった。今も再生数はどんどん伸びている。もう二万を超えた。

決め手はタイトルだろうか。最初は「謎の墜落死事件の真相を推理」という、いたって穏便《おんびん》なものを付けるつもりでいた。しかしこれでは誰にも刺さらないだろうと思い、生成ＡＩの助けを借りて「謎は俺が解いた！　衝撃の真相解明！　Ｎ中学校墜落死事件を大胆推理！」という少々ベタなものにしてみた。

配信を開始すると、すぐに渋沢からメールが届いた。配信の内容は褒めてくれた。「中村さんの声がいいので推理に説得力が感じられますね」とまで書いてあった。しかしその続きに「ひとつだけ。タイトルで学校名をイニシャルにしてしまったのは隔《かっ》靴《か》掻痒《そうよう》の感があります。潔《いさぎよ》く中川中学校と名前を出していいのではないでしょうか」と書いてあって、さすがにこれには従えなかった。動画の中で「これは俺の母校で本当に起きた事件なんですけど」と言ってしまっている。これで学校名を明かしたりしたら、下手をすると自分の身許《みもと》を特定されかねない。それだけは勘弁してほしい。そう返事をすると渋沢は次のメールでは意外とすんなり認めてくれた。ただそのメールに「そういう懸念は、正直なところ無意味ですよ」と書かれていたのが気になった。

その言葉の意味が理解できたのは、数日後だった。裕太の動画を引用紹介しているツイートに「この『Ｎ中学校』って名古屋の中川中学のことだよね」と書かれていて、それがまたリツイートで広まっていったのだ。

裕太は自分の迂闊《うかつ》さに気付いた。動画内であれだけ具体的に事件の状況を説明したら、学校を特定することなんて簡単だっただろう。なぜそれに気付かなかったのか。渋沢が「懸念は無意味」と書いてきたのは、そういうことだったのだ。

それからの裕太は内心戦々恐々としながら自分の配信の反応を追いつづけた。再生数は三万に届いたが、そこから伸び悩み、一日に十回程度に落ち着いた。SNSでも一時は炎上気味に広がったりコメントを付けられたりしたが、それも潮が引くように沈静した。そうなると今度は物足りなく感じてしまうのがユーチューバーの性《さが》というものか。裕太は自分の複雑な気持ちに戸惑いを感じていた。

コメント欄にいくつか反応も書かれていた。ほとんどが裕太の推理を非難したり冷笑したりするような悪意のあるもので、これも彼の気分をダウンさせた。中には「説得力あります」とか「名推理です」とか「いい声ですね」といったポジティブなコメントもあったが、どうしてもネガティブな意見に意識が向いてしまう。

いっそコメント欄を閉じてしまおうか。そんなことを思っていた矢先、ひとつのコメントに気が付いた。【面白い推理ですね】と、それだけの短いものだ。

書いた人物のアカウント名は「xxxxxxpnmn」。

もしかしたらセナ自身ではないかと疑っているアカウントだ。少し考え込んでから、リプライすることにした。

【もしかして、おな中ですか？】

書き込んでから、今どき「おな中」なんて言葉は死語かもと思ったが、消す気にはなれなかった。

もし本当にセナだったとしても、応答があるとは思えない。今は腹の探り合いだ。このまま沈黙するか、それとも……。

スマホが鳴る。渋沢からの電話だった。最近頻繁にかかってくるようになった。裕太も以前よりは緊張せずに電話に出た。

——YouTubeの反応、いい感じですね。

面白がっているような口調だった。

「まあ、こんなものでしょう」

——不満ですか。もっと再生数が稼げると？

「いいえ。予想していたほどネガティブな反応が来なかっただけ、よかったと思ってます」

——そうですか。へこたれていないようなので安心しました。

「へこたれる？　どうしてそう思ったんですか」

――中村さんは繊細な方ですからね。急に注目されたことがストレスになっているのではないかと思いまして。

「心配してくれているんですか。だったらあんな動画をあげさせないでほしかったです」

――後悔してます？

「あ、いや……後悔ってほどでは……」

多少なりと高評価をもらい再生回数も稼げたことには達成感がある。これは間違いないことだ。しかし、なんとなく釈然としないものがあるのも確かなことだった。その原因は電話の向こう側にいる。裕太は思いきって、言った。

「ひとつ訊きたいんですけど、どうしてあんな動画を俺に作らせたんですか」

――前に話したとおりです。警察を動かすためですよ。

「それで、実際に警察は動いたんですか」

――ええ、思惑《おもわく》どおりにね。捜査一課長が直々に再捜査を命じました。本永七海さんが自殺ではなく何者かから逃れるために校舎に飛び込み結果的に落下して亡くなったのだとしたら、彼女を追いつめた何者かを突き止めなければならない。

「そのとおりですね」

――前に本永七海さんの事件を担当した班ではなく、別の班が資料の再検討を含め、調べはじめてます。これも思惑どおりでした。

「思惑って？」

――最初に担当した班長の立場が悪くなってきたんです。真相を見抜けなかったというのでね。もしかしたら、いや、多分左遷されるでしょう。

「それが、渋沢さんの思惑なんですか」

――わたしが県警に配属されてからの友人だった刑事が、その班長の部下だったんですが、度重なるハラスメントに耐えかねて退職しました。有能な人物だったんですけどね。少なくともあの班長よりずっと立派なひとだった。

電話の向こうから聞こえる声に、渋沢の怒りが感じられた。

「もしかして、その復讐ですか」

尋ねてみると、

――警察組織の健全化に寄与したつもりです。

答えが返ってきた。

「……俺は、渋沢さんの復讐の道具にされたんですね」

――力を借りたんですよ。道具だなんて失礼なことは思っていません。

どうだか。裕太は心の中で呟《つぶや》く。多少なりと脱力感を覚えるが、しかし不思議と怒りは感じなかった。むしろ警察内のいざこざに民間人の自分を平気で利用する渋沢の図太さに呆れつつも感心した。

「渋沢さんって、面白いひとですね」

精一杯の皮肉だった。相手はかすかに笑ったようだった。

――わたしのことを面白いと思うのなら中村さん、もう少しこの件について首を突っ込んでみませんか。

「どういうことです？」

――中川中学の仲良し三人組が全員亡くなった。果たして三人の死に関連はあるのか。引きつづき動画で追及するというのはどうでしょうか。

「それはちょっと……そもそも動画を作ろうにもネタがないです。それとも渋沢さんが警察情報をリークしてくれるんですか」

――さすがにそれは、わたしの首が飛んじゃいますから。でも中村さんの立場からでも集められるネタはあると思いますよ。

「そんなの、ありますかね？」

裕太は懐疑的だった。ネットなどで集められるものだけで体裁よくまとめることくらいならできるだろうが、それでは本永の事件で「謎解き」をしてみせたようなインパクトは作れないだろう。

――大丈夫です。

しかし、なぜか渋沢は自信ありげに言った。

――そういう情報はきっと、向こうからやってきますよ。

「どういう意味ですか」

訊き返しても、渋沢は「ただの勘です」とだけ答える。なんだか癪《しゃく》に障《さわ》った。

「そもそも、俺がそこまでこの件に関わらなきゃならないって理由もないですよね」

そう反論してみる。すると渋沢は、

――否《いや》が応《おう》でも中村さんは、亡くなった女性たちに関わってしまった。最後まで見届ける義務があるんじゃないですかね。

「義務って、そんなの言いがかりだ」

呆れて言い返した。電話の向こうでかすかな笑い声が聞こえる。

――ところで話はまるで変わりますが、昨日榎保憲の裁判資料を読んでみました。

唐突に告げられた名前に、裕太は緊張する。

「……それ、今回のことと関係あるんですか」

——あるかと言われると自信ありません。ただ中村さんのことを考えていたら、ちょっと調べてみたくなりまして。榎はあの通り魔事件を起こした動機について、最後まで自分の言葉では語っていないんですね。何度尋ねられても「むしゃくしゃしてやったと記録しておいてくれ」としか言わなかった。このフレーズ、マスコミが犯行動機について報道するときの定番ですが、実際はそんなことを言う犯人なんていません。警察が容疑者の犯行動機について明言しないので、マスコミ側がしかたなしに使う常套句《じょうとうく》なんですよね。しかしそれを本当に言う奴がいたなんて驚きです。

このひとは何を言っているのだろう、と裕太は思った。どうしてこんな関係のないことを話しつづけているのか。

——榎が逮捕された後、マスコミがいろいろと彼のことを調べて記事にしたものは読んでますか。

「いえ。あまりそういうの、眼に入れたくなかったので」

——わかります。じゃあ彼の素性《すじょう》についてもあまり知識はないんですか。

「両親が教師だって話は聞いたことがありますけど」

自分と少し境遇が似ていると思ったから覚えている、というか記憶から消せないでいるのだった。できるなら榎とあの事件のことは全部頭の中から追い出してしまいたい。

――かなり厳格な家庭だったらしいですね。漫画やゲームは一切禁止。小説も御法度だったらしいです。読んでいいのは学術書だけ。両親は彼を学者にしたかったようです。しかし彼は受験に失敗し、望む大学には進めなかった。やっとのことで大学を卒業した後に就職したけどすぐに辞めて転職。しかしそれも長続きせず転々としていた。事件を起こしたときは無職だったそうです。そして自分の三十歳の誕生日に、あの事件を起こした……聞いてます？

「ええ……」

答えながら裕太は自分のこめかみを強く揉《も》んだ。フラッシュバックしてくる光景
――迷彩服の男、光るナイフ、そのナイフを突き立てられる老女と若い男、そしてあの少女の表情――が眩暈《めまい》を起こさせる。

――そんな境遇からマスコミは親からの過度な期待と圧迫に耐えきれなくなった榎が自棄《やけ》になって起こした犯行、という見方をしたようです。ある意味、わかりやすいですね。真実はどうだったのかわかりませんけど。

「渋沢さんは、違うって思ってるんですか」

――いえ、そこまで明確な意見は持ってません。当の本人はもう死刑になってるから

本当のことは聞き出せませんしね。ただ、こういう事件の際に世間というのは往々にして理解しやすい物語を見つけ出して安心する傾向があります。こういう人間がこんな状況だったからこんなことをした。そう説明できれば自分の知っている世界のことにしてしまえる。得体の知れない何かではないと思える。

「得体の知れない何かって？」

——自分が拠《よ》って立つ人間世界の常識範疇《はんちゅう》を超える、理不尽な存在です。考えていることが理解できない。次に何をするのか予想が付かない。そんなものがこの世界にいて、自分のすぐ隣に立ってたりしたら、怖いですよね。でももしも、この世の中にそんな怖いものがたくさんいるとしたら。そう考えただけでみんな不安に呑み込まれてしまうでしょう。だからそんな不安に駆られないよう、理不尽なものを理解できる物語に解体して安心するんです。

もう何度も疑問を抱いたことだが、このひとは本当に刑事なのだろうか。裕太は渋沢の話を聞きながらそう思わずにいられなかった。話していることが刑事らしくないということもあるが、ちょっと関わりがあっただけの自分に、こうも頻繁に話しかけてくることが不可解なのだ。何か魂胆があるのだろうか。俺に動画を配信させたのは上司への私怨を晴らすためだとわかったが——それだって充分に異常だ——榎のことなどを蒸し返すのも理由があることなのだろうか。どうにもわからない。

刑事といっても人間なのだから、いろいろなタイプがいたとしてもおかしくないかもしれないが、それでも渋沢は自分の常識から外れている。それそこ得体が知れない。ちょっと怖くなる。が、同時になんだか興味も湧いている。先程彼女を「面白いひと」と言ったが、あながち皮肉だけではないようだと自分の気持ちに気付いた。そして自分を危ぶむ。おかしい。俺も最近、変だ。

——榎は、じつはそういう理不尽な存在だったのかもしれません。

裕太の気持ちに気付かない様子の渋沢は、話を続ける。

——本当にむしゃくしゃしてやったのか、あるいはそんな感情さえ湧かないまま犯行に及んだのか。

「だとしたら、悪魔みたいな奴ですね」

言ってからステレオタイプな表現だと思った。悪魔みたい、なんて使い古された言葉だ。しかし本当に悪魔みたいな人間に出会ったことはない。榎以外には。その榎だって話してみたら普通に穏やかで気のいい奴なのかもしれない。もしかしたら本当に悪魔みたいな人間がいたとして、それに気付かず自分は何度か接しているのかも。

——……って知ってます?

「え？」

渋沢の言葉を聞き逃した。いけない。どうも思考があちこちに飛躍しすぎる。注意力が散漫になっているのだろうか。

――『ファウスト』ですよ。ゲーテの。

渋沢が繰り返してくれたので、やっと理解できた。

「読んだことはありません。でも最近よく耳にします。今度日本で映画化されるとか」

――ええ。立石セナが出るんですよね。それもあって連想しました。『ファウスト』にはメフィストフェレスという悪魔が登場します。彼がファウストを誘惑して悪行を重ねさせるわけですが、ちょっと道化みたいなところもあって意外と憎めない奴なんですよね。人の心を摑む術《すべ》も心得ていて、だから学問しかしてこなかった世間知らずのファウストをまるめこんで悪の道に引きずり込んだりできたんでしょうけど。悪魔ってじつは魅力的な存在なのかもしれない。悪魔みたいな人間ってのも、もしかしたらそういう感じかもしれませんね。

「榎がそういう奴だったっていうんですか」

――悪というのは、時に人の心を惹《ひ》きつけるものです。

「刑事さんの言葉とは思えないんですが」

そう言うと、電話の向こうで渋沢は笑った。

――これ以上、中村さんに不審を抱かれるといけないな。この話はやめておきましょう。では、また。

あっさりそう言って、電話が切られた。裕太は耳からスマホを離し、ディスプレイを見つめた。もしかしたら渋沢こそが悪魔みたいな奴なのではないか、と思った。

13

「これが刺身の盛り合わせ？」

店員が置いていった器を見て、桑原が呆れたように言った。

「盛り合わせって言ったら、もうちょっと盛り合わせてあるよな。いくらなんでも、しょぼすぎないか」

鮪《まぐろ》の赤身と烏賊《いか》と何だかわからない白身魚の刺身が二切れずつ載っている他には大根のツマとわかめであからさまな嵩《かさ》上《あ》げがされている。

「しかたないよ。安い店なんだから」

そう言って裕太は烏賊の刺身を醤油に付けて口に運んだ。桑原も不満そうに鮪を口に入れ、さらに顔を曇らせる。

「やっぱ、もうちょっとグレードの高い店に行けばよかった。俺、魚介類で妥協したくないんだ」

「だったら刺身はやめて揚げ物とかにする？　唐揚げやコロッケなら冷凍物だったとしても許容範囲だろ？」

「そんなの、家でだって食える。せっかく外食するんだから、もっといいもん食いたい」

駄々をこねるように不満を洩らす桑原に、裕太は思わず笑ってしまった。そしてこんなことで笑える自分を少し不思議に思った。

ここ十年、誰かと対面で外食をするようなことは一切なかった。親とも出かけていない。なのに今、つい最近まで存在も忘れていた中学時代の知り合いと居酒屋で差し向かいになっている。

俺はこの男との付き合いをどう思っているのだろう、と自分に問いかけてみる。性格も境遇も何もかも違う、ただ中学時代に接点があっただけ。こちらから交友を求めたことは一度もなく、向こうから一方的に接してくる。それを最初は厭《いと》う気持ちもあったが、今ではこうして一緒に飯を食っている。

なぜなのか。

「……ひとつ、訊きたいんだけど」

裕太は、思いきって言った。

「何だ？」

ハイボールを一口飲んで、問い返してくる。

「その……どうして俺とこんなこと、してるんだ？」

「こんなこと？」

「一緒に飯を食ったり、話したり」

グラスを持つ手を止め、桑原は困ったような顔をする。

「どうして？　どうして……うーん……」

しばらく考えた後、グラスを置いて言った。

「わからん」

「わからん、って……」

「おまえがどうしてそんなことを訊くのか、わからんのだ。飯を食わんと飢えて死ぬから。そんなの当然のことだろうが」

「いや、飯なら別に俺と一緒に食わなくてもさ、家に帰って奥さんと食べるとか」

「女房には今日は友達と一緒に飯を食うから夕飯は要らないと言ってある。これを言い忘れるとすごく怒られるんだ」

答えがずれている。

「そういうことじゃなくてさあ――」

「俺と一緒に飯を食うのは楽しくないか」

逆に訊かれた。

「いや……楽しいか楽しくないかって訊かれても……」

「俺は楽しいぞ。おまえみたいに楽しい奴と飯を食いながら喋《しゃべ》るの」

「楽しい奴？　俺が？」

「おまえは頭がいい。きちんと考えて話す。相手のことも考えてだ。だからおまえといると楽しい。そういうことだ」

「はあ……」

あまりに意外な返答に、裕太は言葉を失った。自分が楽しい人間だなんて、生まれてこのかた思ったことがなかったのだ。

桑原は通りかかった店員に唐揚げとポテトサラダを注文すると、裕太に向き直って言った。

「俺はな、中学の頃ずっと死にたいと思ってた」

「え……？」

突然の告白に、裕太は言葉を失う。

「だって……だっておまえ、あの頃バスケのエースだったじゃないか。大活躍してた。タフマンだった。なのにどうして……」

「だからだよ。エースと言われてみんなを引っ張っていかなきゃならない。タフマンと呼ばれていつも元気いっぱいの姿を見せなきゃいけない。それが結構しんどかったんだ。うちのバスケ部、弱かっただろ？」

「弱かった？　いつも優勝候補に挙げられてたのに」

「万年候補だ。俺が在籍してる間は一度も優勝できなかった。みんな俺のせいだ。俺の力が足りなくて優勝させられなかったんだ」

桑原はそれほど深刻ではない口調で、しかしはっきりとそう言った。

「そんなこと……」

なんとか言葉を継ごうとしたが、裕太にはそれができなかった。

白身魚の刺身を口に入れると、桑原は続けた。

「俺はタフだから挫《くじ》けない。タフマンだからいつも元気だ。そう思われてた。そのイメージを壊したくなかった。怖かったんだよ。俺に実力なんかなくてバスケの才能もなくて、だから優勝なんか無理なんだってことにみんなが気付くことが怖かったんだ。だから死に物狂いで頑張った。勉強なんかほったらかしにして部活に打ち込んだ。それでも準々決勝までしか行けなかった。その上、試験で赤点ばかり取っちまった。何もかも、どん詰まりだったんだ。俺には何の価値もない。この世にいても意味がない。そう思ってた。おまえに勉強を教えてくれって頼み込んだのは、本当に最後の手段だったんだよ。もしもそれでも成績が駄目なままだったら、高校進学は諦《あきら》めよう。いや、人間やめちまおう。そう思ってた」

淡々とした桑原の告白を、裕太は言葉もなく聞いていた。知らなかった。あのタフマンが、そこまで追いつめられていたとは。

「でもな、おまえに勉強見てもらったら、今までちんぷんかんぷんだった教科書が少しずつ理解できるようになってきた。そしたらさ、勉強がだんだん面白くなってきたんだ。そのことには本当に感謝してる。だけどな、俺が本当に感謝してるのは、それじゃない。夏休みに一緒に図書館に行ったの、覚えてるか。あのとき向かい合って座ってて、数学の勉強してたのかな。おまえが何度教えてくれてもわからない問題があって、それで俺『やっぱ頭悪いんだな』って愚痴《ぐち》ったんだよ。そしたらおまえ、『自分の頭が悪いってわかるだけ、おまえには伸びしろがあるんだよ』って言ったんだ。覚えてるか」

「……いや」

そんな偉そうなことを言ってしまったのか。多分落ち込んでいる彼に何か言葉をかけなくてはと焦《あせ》って、咄嗟《とっさ》に口にしてしまったのだろう。それにしても恥ずかしいくらい傲慢《ごうまん》な物言いだ。軽蔑されてもしかたない。裕太は恥ずかしさに呻《うめ》き声をあげたくなった。

しかし桑原の表情は軽蔑とは程遠いものだった。

「俺はその言葉を聞いて、はっとしたんだ。そうか、自分の頭の悪さに気付けるってのは、これからもっと良くすることができるってことなんだってな。その瞬間、真っ暗だった部屋のドアが開いて光が差してきたような気がした。それで自信がついた。そしたらもっと教科書の内容が頭に入ってくるようになって、おかげでなんとか高校に進学できる程度の成績になれた。中村、おまえは俺の人生を変えてくれたんだ」

「人生を変えただなんて、そんな大袈裟《おおげさ》な……」

「大袈裟なもんか。おまえ、自分が何をしたのか気付いてないいんだろうけど、すごいことしたんだぞ。俺が教師になろうと思ったのも、今度は人に教えることで役に立ちたいと思ったからだ。おまえみたいにな。おまえは教師としても一流になれたはずだ」

「俺なんて……そんな……」

賛辞の言葉を続けて浴びせられ、裕太は身の置きどころがないような気持ちになった。もういいからやめてくれと言いたかった。でも言えなくて、ただ俯《うつむ》いた。

「褒《ほ》め言葉がきついか。居たたまれないか。でもな俺、思うんだ。人は自分のやったことの評価はちゃんと受けるべきだ。悪いことをしたら怒られればいい。そして誰かの役に立ったのなら、ちゃんと褒められなきゃいかんのだ。おまえは俺に褒められるに値することをしてくれたんだ。だから褒められろ。恥ずかしくても褒められるんだ」

「褒めてるの、おまえだろ。他人事みたいに」

言いながら裕太は、居心地の悪さの中に別の感情が浮かんでくるのを感じていた。何なのかよくわからない。でも、少し泣きそうな気分だった。

注文したポテトサラダと唐揚げが届く。どちらも刺身よりは美味《うま》かった。

「話は変わるけどな」

二杯目のハイボールを注文した後、桑原が言った。

「渋沢って女の刑事、どう思う？」

「あのひとは……よくわからない」

裕太は正直に言った。

「言ってることもやってることも、刑事の職分からはみ出てる。あんなにしつこく俺に連絡してくるの、ちょっと異常だと思う。警察内の派閥争いみたいなものに俺を利用したんじゃないかって疑ってるんだけど」

「どういうことだ？」

桑原に訊かれ、渋沢が言っていた県警内部の話を伝えた。

「なるほど、鬱陶《うっとう》しい上司を排除するためにおまえの推理を利用したってわけか。そりゃあ策士だな」

「いい迷惑だよ。もしかしたら警察に眼を付けられてるかもしれない」

「そうかもな。だとしたらたいしたもんだ」

「どうして？」

「警察からも一目置かれてるってことだ」

と言って、桑原は微笑む。

「その渋沢刑事だけどな、つい先日、俺のところにも電話があったんだ」

「本永七海の件か」

「そっちじゃなくて、広浜優美の事件だ」

広浜優美……駅のホームから転落して死んだ女性。本永七海や葛山晴香と共に立石セナをいじめていた。

「……たしか、彼女の妹の担任をしてたって言ってたな」

「そうだ。その妹に話を聞きたいって言うんだよ」

「渋沢さんが？　どうして？」

「だから、姉さんが亡くなったときのことを調べてるんだろ」

「そんなの、あのひとには関係ない……」

言いかけて、裕太は渋沢の意図に気付いた。

「……もしかして、広浜優美の死も事故じゃないと思ってるのか」

「どうなんだろうな。とにかく今度、その子に引き合わせることになった。おまえも来るか？」

「俺？　どうして？」

「興味あるんじゃないかと思ってさ。おまえだってこの件にはもうしっかり首を突っこんでるんだし、最後まで見届ける義務があるんじゃないかな」

記憶にある言い回しだった。

――否が応でも中村さんは、亡くなった女性たちに関わってしまった。最後まで見届ける義務があるんじゃないですかね。

そして渋沢が、

――そういう情報はきっと、向こうからやってきますよ。

と言った意味も理解した。このことだったのだ。

行かない、と答えるつもりだった。そう言いかけた。しかし言葉は出なかった。その態度を承諾と受け取ったのか、桑原は渋沢との待ち合わせの日時と場所を裕太に教えた。

「もう先方にはアポ取ってある。遅れるなよ」

「……ああ」

曖昧《あいまい》に頷《うなず》く。そうだ。渋沢や桑原の言うとおり、自分はこの事件の真相を見届けたいと思っているのだ。少し悔《くや》しいけど、そうなのだ。

14

広浜優美の妹は花織《かおり》といった。姉の顔を知らないから似ているのかどうかわからない。今は大学で福祉の勉強をしているという。

待ち合わせたのは栄地下街にある喫茶店だった。四人掛けの席に四人が集まる。人数的には問題ないが座る位置でまごついた。最初は花織と渋沢が対面で座ったのだが、そうなるとそれぞれの隣に男が座ることになる。「え？」「えーと……」と戸惑いながら立ったり座ったりして、結局女性同士男性同士で並ぶことになった。裕太の向かいには渋沢が座る。

「早速ですが広浜さん、お姉さんの事故について教えていただけませんか」

渋沢が話しかける。

「はい。でも何を話せばいいのでしょうか」

「まずは事実の確認からしましょう。優美さんは昨年十一月四日の朝八時四十分頃、名鉄堀田《ほりた》駅のホームから転落し、入ってきた電車に撥《は》ねられて亡くなった。そうですね？」

「はい」

「その駅はいつも優美さんが利用されていた駅ですか」

「そうです。そこから電車に乗って栄生駅《さこう》で降りて、そこから歩いて五分くらいの会社に通ってました」

「では毎朝その時刻にホームに立っていたわけですね？」

「そうです」

「その時刻のホームは混んでたんでしょうか」

「そう聞いてます」

「優美さんはどのようにしてホームから落下したか、聞かれてますか」

「警察のひとから後になって教えてもらいましたけど……」

花織は少し言いよどんだ後、

「……姉は、自分から飛び降りたって」

「目撃者がいるんですか」

「何人か。お姉ちゃんは電車を待ってる列の一番前に立ってて、電車がやってくるのを見てて、それから……ふわって」

「ふわ？」

「飛ぶみたいに、ふわって。お姉ちゃんのすぐ後ろに立ってたひとが、そう証言した
そうです」

そこまで話すと、花織はアイスラテのグラスを手に取ってストローをくわえようと
する。が、どうしても口に入らない。くすりと笑って、

「ごめんなさい。恥ずかしい」

「無理をするな」

桑原が言った。

「辛《つら》いなら、無理に話さなくていい。話してくれって言った俺が悪かった」

「大丈夫。話すから」

ストローに手を添え口に入れると、ラテを少し飲む。そして向かいに座る桑原に視
線を向けた。

「ずっと誰かに話したいって思ってたんです。胸が支《つか》えて苦しかったから」

そう言うと、隣の渋沢に視線を移した。

「続けてください」

「わかりました。もう一度確認しますが、優美さんは自分から線路に飛び降りたので
すね？」

渋沢は口調を変えずに尋ねた。

「目撃したひとたちの話では、そうらしいです」

「優美さんには、そうする理由が何かあったんでしょうか」

「そうですね……あったかもしれません」

花織は答える。

「姉は、悩んでたと思います。勤めていた会社の人間関係とかで。上司がきつい物言いをするひとで、ずっと怒られていたみたい。残業も多くて夜遅くまで仕事をしてましたし」

「職場がブラックだったんですね？」

「本人はそんなこと言わなかったですけど、話を聞いてるとそんな感じでした。疲れてるけど眠れないって」

同じだ、と裕太は思った。会社勤めをしていた頃の自分も、くたくたに疲弊していたのに寝床に入っても眠れなくて辛かった。寝ることさえ自分には許されていないような気がしていた。

「でも」

と、花織は続ける。

「姉が悩んでいたのは、仕事のことだけじゃなかったと思います。姉は、お姉ちゃんは、自分に絶望してたんじゃないかな」

「それは、どうして？」

「お姉ちゃん、本当は声優になりたかったんです。高校を卒業して声優の専門学校にも入学したくらい。でも結局なれなくて、しかたなく会社に入って。もう諦めたってわたしには言ってたけど、本当は諦めてなんかいなかった。声優になりたかった。でも自分の実力じゃなれないってわかってもいたんです。前に言ってました。『セナみたいにはなれない』って」

「セナ？　立石セナのことですか」

「はい。中学の同級生だったたって。仲が良かったみたい」

「どれくらい仲が良かったんでしょうか」

「さあ……お姉ちゃんの友達のことは、あんまり知らないから……でも前にテレビに立石セナが出てたとき、お姉ちゃんが『この子と仲良かったんだよ』って嬉しそうに言ってましたから」

仲が良い、か。広浜優美にとっては、そういう認識だったのだろう。やはりいじめる側にとって、いじめはコミュニケーションの一手段に過ぎないのだ。裕太は自分をいじめていた寺田たちのことを思い出し、居たたまれない気持ちになった。

「そういえば」

　と、花織は思い出したように、

「お姉ちゃんが死んじゃう何日か前にも立石セナの話をしたんだっけ」

「どんな話を？」

「ネットにセナのインタビューが載《の》ってたんです。それをわたしが見つけて、お姉ちゃんに教えたげたの。お姉ちゃん、すぐに自分のスマホで読んで……あ」

　花織は何か思いついたかのように、

「そうか。あのときからか。お姉ちゃんの様子がおかしくなったの」

「どういうこと？」

「インタビューを読んでるときに、お姉ちゃんが急に怒りだしたんです。『どうしてこんなものを読ませるの』って。わたし、びっくりしちゃって」

「優美さんはどうして怒ったのかしら？」

「わからない。お姉ちゃん理由を言わなかったから。でも……」

　花織は言いよどむ。

「……インタビューでね、セナが中学生の頃にいじめを受けてたって言ってたの。ずいぶんひどいことされたって。自分をいじめてたひとたちのことは一生忘れられない。忘れたくても顔も名前も記憶に残って消せないって……あ、もしかしたらセナをいじめてたのって……」

彼女は姉の真実に気付いたようだった。裕太は尋ねてみた。

「そのインタビュー、セナはどんないじめを受けていたのか具体的に書かれてました？」

それまで黙っていた男に尋ねられ、花織は少し戸惑ったようだったが、

「えっと……たしか、何かに縛りつけられたとかって書いてあったと思います。よく覚えてないけど」

裕太が読んだ新聞記事だけでなく、セナはいろいろな媒体で自身のいじめ体験について語っていたのだ。そのひとつを広浜優美は読んだ。そしてセナが自分を許していないことを知った。

「その後のお姉さんの様子は、どうでした？」

渋沢が尋ねる。

「それから、ですか。そう……前から元気がなさそうだったんだけど、もっと無口になったかも。それから……」

「何か？」

「死ぬ前の晩に、お姉ちゃんの部屋から悲鳴が聞こえて。ゴキブリとか出たのかと思って部屋に行ってみたら、お姉ちゃんがベッドで突っ伏してて、何があったのって訊いたら『幽霊が電話してきた』って言って」

「幽霊が？」

「意味がわかんなかったです。どういうことかって訊いたんだけど、お姉ちゃんは泣きだして『セナは許さないってナナミが……』って」

「ナナミ？」

反応したのは桑原だった。

「もしかして本永七海のことか」

「わからない。お姉ちゃんの友達のことかもしれないけど、よく知らないから。お姉ちゃん、自分のスマホを放り出して、なんかすごく怖がってて」

「本永七海から電話が……そんなことって……」

「ナナミさんって、誰なんですか」

逆に花織が訊いてくる。

「お姉さんの中学の同級生だ。でも去年の夏に死んでるんだ」

桑原が言うと、彼女は口許を押さえ、絶句した。

「そんな……じゃあ本当に幽霊から電話が来たんだ」

「そんな馬鹿なことがあるわけない。かけてきたのは別の奴だ」

「それって誰？」

「それは……わからんが」

桑原も言葉を濁《にご》す。

「本永七海が死んだ後、彼女のスマホが行方不明になってるんです」

渋沢が代わりに説明する。

「誰かがそのスマホを使って優美さんに電話をしてきた可能性があります。お姉さんのスマホは今はどこに？」

「もう、解約して処分しちゃいました」

「まあ、そうでしょうね。電話会社に履歴を問い合わせるしかないか。でも半年以上前に契約が切れた番号の履歴を追えるかどうか……」

渋沢は少し考え込んだが、

「いや、辛《つら》い話をお伺いして申しわけありませんでした。助かりました」

「それはいいんですけど、お姉ちゃんのことを調べてどうするんですか。何かわかるんですか」

「先程も言いました優美さんの友達だった本永さんのことを調べていまして、何か参考になるのではと」

「それで、参考になったんですか」

「どうでしょうね。今のところは五里霧中といった感じですが……」

渋沢は言葉を濁した。

花織が帰った後も三人は店に残った。

「中村さん、何か考えはありませんか」

急に渋沢から話を振られ、裕太は戸惑う。

「いや……よくわからないです」

素直に、そう答えるしかなかった。

「広浜優美の死は、自殺なんだよな？」

代わりに桑原が確認するように言った。

「複数の目撃者がいるようですから、間違いないと考えていいですね」

渋沢が応じる。

「優美は仕事でストレスを抱えており、自分の人生にも絶望していた。それだけでも自殺の理由にはなり得ます。しかし最後の一押しをしたのは……」

「本永七海からの電話か」

桑原の表情が暗くなる。

「また出てきやがった。彼女のスマホに何があるっていうんだ？」

「スマホ自体ではなく、それを持っている者が何かを仕掛けているんだと思う」

裕太は言った。

「何かって、何だよ？」

「それは……わからないけど……でも、帰宅途中の七海を襲って、校舎に逃げ込んだ彼女が窓からの脱出に失敗して墜落した後、スマホを盗み出しているだろ。そこに何ていうか、悪意みたいなものは感じるんだ」

「悪意ねえ」

桑原は髪を掻きむしった。

「それ、やっぱりセナへのいじめが関係してるのか。だとしたら犯人は彼女ってことになるが」

「それは――」

裕太が否定しようと言いかけたとき、

「そのことなんですが」

と、渋沢が言葉を挟んだ。

「本永七海が墜落死した日と広浜優美が駅のホームから飛び降りた日の立石セナのアリバイを調べてみました。どちらも彼女は東京で仕事をしていました。名古屋に来て犯行に及ぶことは無理ですね。そもそも広浜優美の場合は故意によるものでないことが先程の広浜花織の話で明らかになったのですが」

そこまで調べたのか、と裕太は半ば呆れる。

「あ、思いついた」

と、そこで桑原が大声をあげた。

「七海のスマホで優美に電話したのはセナかもしれんぞ。電話なら東京からでもできるしな」

「七海のスマホをセナが持ってるって？　どうやって？」

裕太は突っ込む。

「七海が死んだときのアリバイがあるって今、渋沢さんが言ったばかりだぞ。彼女が死んだ現場からスマホを盗むことはできない」

「それは……他の誰かが盗んだのをセナに渡した、とか？」

「誰が？」

「それは……わからないけどな」

桑原はトーンダウンする。

「無理やりセナを犯人にしようとすると話がおかしくなるよ。現場からスマホを盗んだ人間と優美に電話をした人物が別人だったとしても、それがセナである必然性はない」

「必然性かあ……たしかになあ」

裕太の説明に、桑原も納得したようだった。

「話を戻していいでしょうか」

渋沢が言う。

「本永七海を襲った犯人なら、わかりました」

「え？」

「え？」

裕太と桑原は同時に声をあげる。

「誰なんですか」

「誰なんだ？」

性急に問うふたりに、彼女は言った。

「名前はカイ。三歳です」

「三歳？　そんな子供が？」

驚く桑原に、渋沢は冷静な口調で、

「もう立派な大人ですよ」

と応じた。それで裕太は察した。

「もしかして、犬ですか」

「正解」

「なんだ。犬なら犬って最初に言ってくださいよ。思わせぶりな言いかたして」

桑原は苦笑する。渋沢も薄く笑って、

「あの日、中川中学の近くの家で飼っていた犬が逃げ出したんだそうですよ。繋《つな》いでいた鎖が切れたらしくてね。飼い主は翌朝まで気付かなくて、慌てて捜しまわったら新川の堤防を歩いているのを見つけて無事に保護したとのことです」

「その犬が、七海を襲ったと？」

裕太が尋ねると、

「後に確認したところ、中川中学の校庭に犬の足跡が残っていたそうです。犬が侵入したのは間違いないですね」

「でも、犬なんかに吠えられたからって学校に逃げ込んだりするかな？」

訝《いぶか》しむ桑原に、裕太は言った。

「今、渋沢さんが『繋いでた鎖が切れた』って言ってただろ。きっと外飼いの大型犬だよ」

「そのとおり。カイはグレートデーンの雄です」

「グレートデーン？　でっかい犬なんですか」

「カイがどれだけの大きさなのか知りませんが、一般的に雄のグレートデーンと言えば体重が五十キロから九十キロ、体高が八十センチくらいだそうです。人間の大人並みの大きさですね」

「そいつはでかいな。凶暴なんですか」

「性格は温厚で人懐っこいそうです。でも夜中にそんなのと遭遇したら、それはもう驚きますよね。慌ててどこかへ逃げ込んだとしてもおかしくない」

裕太はスマホで「グレートデーン」を検索してみた。すぐにいくつもの犬の画像が表示される。一緒に写っている人間と比較すると大きさがわかる。たしかに、でかい。でかい犬……。裕太の記憶が刺激される。たしかこの前、近所で……。

「あ」

「どうした？」

桑原が尋ねてきた。

「その犬、この前見かけた」

セナの実家を特定してYouTubeで公開しようと動画撮影しながら歩いていたときに出くわして腰を抜かされた、あの犬だ。たしか一緒にいた飼い主が「カイ」と呼んでいた。

「たしかに、でかかった。あんなのに夜中に出くわしたら絶対逃げる」

「俺は嫌だな。犬、苦手なんだ」

「そうなの？」

「ガキの頃、近所の犬に噛まれてから駄目になった。小犬の鳴き声を聞いただけで首のこのあたりがチリチリってなる」

桑原は自分の項《うなじ》のあたりを指差す。裕太は思わず笑いそうになったが堪《こら》えた。そして渋沢に尋ねる。

「本永七海を襲ったのが犬だったとして、でも彼女のスマホの件はどうなります？　どこに行ったんでしょうか」

「犬が食べちゃったんじゃないのか」

答えたのは桑原だった。

「そんなにでっかいんだったら、スマホくらい呑み込んじゃってもおかしくないぞ」

「いくら大型犬だからって、スマホを呑み込んだりしないだろ。それに花織さんが言ってただろ。七海から広浜優美に電話がかかってきたって。それが本当なら誰かが彼女のスマホを持っているってことだ」

「ああそうか。でも、どういうことなんだ？　七海を襲ったのはでっかい犬だけど、スマホを盗んでいった奴もいるってことか」

「そう解釈したほうがいいですね」

渋沢が頷く。

「そして七海のスマホは広浜優美の自殺にも絡んでくる。事態は一層、ややこしくなりました」

15

テーブルを挟んで父親が座っている。

その前には母が置いた湯呑みが湯気を立てていた。裕太の前にも使い慣れた湯呑みがある。沈黙が息苦しくて、その湯呑みを見つめていた。

視線を父に移す。以前から痩せぎすだったが、更《さら》に萎《しぼ》んだように見える。髪も薄くなり頭頂部あたりまで地肌が透けて見えていた。肌の色は全体にくすんでいるが、唇だけが妙に艶《つや》やかだ。伏目にしているので睫毛《まつげ》が意外に長いのにも気付いた。自分とはあまり似ていない。でも歳《とし》を取ったら俺もあんな顔になるのだろうか、などとぼんやり思う。

お膳立てした母は席を外していた。父親と話せと急《せ》かしてものらりくらりと逃げてしまう息子に業を煮やし、無理やりキッチンのテーブルに座らせたのだ。どうやら父親のほうも似たような事情らしく、座ったまま話を切り出そうとしない。その状態ですでに数分経《た》っていた。

逃げ出したかった。父親が仕事を辞める？　そんなこと、どうだっていい。親父の人生なんだから好きにすればいいんだ。そう言って席を立ちたかった。しかしできない。これは父の人生だけではない。自分自身の人生にも関わることだ。そんなことはわかっている。でも逃げたい。いや、だからこそ、逃げたい。

父は湯呑みの温かさを確かめるように両手で包み、それから口に運んで耳障《みみざわ》りな音を立てて啜《すす》る。ふぅ、と大袈裟な息をつき、視線を合わせないまま、言った。

「母さんが離婚すると言った」

一瞬、言葉の意味が理解できなかった。

「……は？　何それ？」

「離婚届を見せられた。母さんは自分の名前を書いてた。今はもう判子は押さなくていいんだな。判子屋の商売もあがったりだ」

「いや、そういう話じゃなくて。どうして離婚するの？」

「ひとりになりたいんだそうだ」

「そんなの、勝手すぎる」

思わず口にした。父親が顔を上げ、息子を見た。

「勝手なことをしてきたのは誰だ？」

言われると思った。返す言葉がないこともわかっていた。

「疲れたんだと。これからは自分の時間を持ちたいんだと」

「母さんが、そう言ったの？　それで、父さんはそれでいいの？」

「いいも悪いも、俺には言えん。母さんの人生だ」

人生。そうか、母親にも人生がある。当たり前のことだが、想像もしてこなかった。

「離婚を承諾するってこと？」

「そうしようと思ってる。ちょうどいい。これで心置きなく沖縄に行ける」

「沖縄？」

また唐突な言葉が出てきた。

「後輩が十年前に向こうで食品会社を立ち上げた。事業は順調だが人手不足だそうだ。特に経験を積んだ人間を欲しがっている」

「行くつもり？」

「そのつもりで会社を辞めた」

え、と声が洩れる。

「……じゃあ、嘱託を辞めたっていうのは、最初から沖縄に行くつもりで？」

「迷ってた。家のこともあるしな。でも母さんが独立するんだったら、俺もそうしようと決めた」

さっぱりとした口調で、父親は言う。

「母さんは住むところを探している。俺も沖縄での住居を世話してもらうことになってる」

「じゃあ、この家は？」

「家と土地は売って、それぞれの独立資金にする」

父親は湯呑みの縁を指でなぞった。

「おまえの取り分もある」

「ちょ……ちょっと待ってよ。この家、売っちまうの？　じゃあ俺、どうするんだよ？」

「取り分はあると言った。それで何とかしろ」

「何とかって、そんな無責任な」

「何が無責任だ？」

父親の声音が高くなる。感情を抑えているようだった。

「四十歳近い息子をずっと養ってきた親の、どこが無責任なんだ？　俺たちはできるだけのことをしてきた。俺が嘱託を辞めるとき、おまえに相談しようと思った。だがおまえは話をしようともしなかった。母さんはそんなおまえを見て絶望した。もうこれ以上、この家で自分を磨《す》り潰《つぶ》したくないってな」

「磨り潰すって、そんな」

「それが母さんの偽《いつわ》らざる気持ちだ。ずっと俺とおまえで母さんを搾取《さくしゅ》してきた。こうなったのは、その報《むく》いだ」

「……俺のせいで、こうなったっていうの？」

「俺とおまえのせいだ」

父親は繰り返した。

「年末には家を処分する。新年はそれぞれの人生を歩く。以上だ」

「そんな。急すぎる」

「まだ四カ月ある。それまでに自分の身の振りかたを考えておけ」

「そんなの、無理だよ。この十年ずっと考えても何も決まらなかったのに」

「その十年に、あと四カ月足して考えるんだ」

父親はそう言うともう一口茶を啜り、席を立った。

残された裕太は、身動きが取れなくなっていた。両親が離婚することより、この家がなくなると知らされたことに衝撃を受けた。家を失う。つまり、もう引き籠もっていられなくなる。どうしたらいいんだ？

考えなきゃ。そう思っても何も考えられない。どうしたらいいのかわからない。椅子に座ったまま、立ち上がることもできなかった。

そこへ母親がやってきた。父親が置いていった湯呑みを片付ける。

「まだ、お茶飲んでる？　だったら自分の湯呑みは片付けておいて」

何事もなかったかのように言った。一瞬、怒りの感情が沸《わ》き上がる。

「本当に離婚するつもりなのかよ？」

「そうね。そのつもり」

「どうして？」

「父さんが言わなかった？　もう解放されたいから。この家にいるとわたし、駄目になる」

「駄目って何だよ？　ちゃんと説明しろよ」

詰問するように言う。母親はそんな裕太を見つめ、小さく息をついた。

「自分のことは説明しないのに、こっちには説明させるの？」

「だって――」

「そういうところ。わたしが駄目になっちゃう気がするのは、そういうところなの。いつも一方的だった。裕くんにも父さんにも、わたしから一方的に何かするだけ。してもらったことも、話してくれたこともない。わたしはこの家で人間扱いされてなかった。でもね、それでもいいと思ってたの。学校の仕事があるし、そっちが充実していれば家庭がどうだろうと気持ちは支えられるって。でも六十歳になって教師の仕事もこの先どれくらいできるかって考えたときに、次のことを今から始めておかなきゃって思ったのね。そのためには自分の人生を考え直さなきゃいけないと思ったの」

また「人生」だ。両親からこの言葉を聞いたことはなかった。なのに今日、両方から聞かされている。人生。

「俺の……俺の人生は、どうなるんだ？」

「そのことは、わたしも考えた。でもね、わからなかった。だって自分の人生じゃないんだもの。裕くんが決めなきゃいけないことだから」

「それが決められないから俺は……ずっと……」

「ずっと家にいたのよね。どうしていいのかわからないまんま、ずるずると現状維持してた。わたしも同じ。裕くんのこともずっと今までと同じにしてきた。でもいつか、そんなではいられなくなる。いつかそうなるなら、今から始めても同じよ。いえ、まだ若いうちに始めたほうが絶対にいい」

俺はもう若くなんてない、と言いそうになった。でも「わたしのほうがもっと若くない」と言い返されるのがわかっているから、口には出さなかった。

黙り込んだ裕太の前に、母親は一枚のチラシを置いた。「名古屋市ひきこもり地域支援センター」と書かれている。

「参考になるかどうかわからないけど、もらってきた。相談に乗ってくれるみたい」

そう言うと、母親はキッチンから出ていった。

裕太はチラシを見つめる。何か書いてあるが文面を理解できない。文字が頭に入ってこないのだ。チラシを手に取り、破ろうとした。でも手が止まった。これを破棄してしまえば苛立《いらだ》ちが治まるというものでもない。逆に自己嫌悪に駆られるだけだ。チラシを持ったまま自分の部屋に戻り、本棚の隙間に突っ込んだ。破りはしない。見ないようにするだけだ。

そのまま家を出る。いくらか歩いてから自分の行為に戸惑った。気づまりだからって家から出ようとしたなんて。今までなら気分が塞《ふさ》いでも引きこもっているだけだったのに。家を失うという現実に直面して何か心境の変化でも起きたのだろうか。それとも、ただの気の迷いか。

自分でもわからないまま、裕太は歩いた。家に引き返す気にもなれなかった。かといってどこに向かうという目的もない。ただぶらぶらと歩きつづける。

考えてみればセナの件に首を突っ込んで以来、それまでの引きこもり生活からは考えられないくらい外に出て、人に会っている。劇的な変化だ。もしかしたらそれが自分の中で何らかの反応を引き起こしているのかもしれない。それがどういうものなのかわからないが。

この先、否が応でも変わらないわけにはいかないようだ。裕太は自分の行く末を思って溜息をついた。両親も離婚してしまうし。

離婚。今になってその意味がダイレクトに自分の中に入ってきた。そうか。父親と母親は別れるのか。所謂《いわゆる》熟年離婚というやつだ。言葉では知っていたが、自分の家で起きるとは思わなかった。

物心ついたときから両親はずっと一緒にいた。それが離ればなれになっていくのだ。そう思い至って、裕太は何とも言えない寂《さび》しさを覚えた。自分が纏《まと》っていたものを引き剝がされるような、嫌な寂しさだ。だからといって両親に離婚を思い止《とど》まらせようとも思わなかった。そんなことをすれば、自分に責任が降りかかる。自分のことだけでも精一杯なのに、両親のことまで心配していられない。薄情かもしれないが、それが本心だった。

自己嫌悪に陥《おちい》りそうになる頭を拳で叩きながら十字路を曲がる。

「わっ!?」

思わず声をあげた。大きな犬と鉢合わせしそうになったのだ。後ずさりバランスを崩しかけたが、尻餅をつくのは免れた。

「あ、すみません」

犬を連れていた男性が謝った。

「いえ……」

応じながら、あらためて目の前に立つ犬を見る。間違いない。少し前に同じように遭遇した犬だ。

「カイ?」

「え? 名前知ってるんですか」

男性が驚いたように訊いてくる。

「あ、いや……前に聞いた気がして……」

あやふやな言い訳をすると、

「ああ、女房ですか。いろいろお喋りだからなあ」

男性は苦笑する。犬はそんな飼い主のほうを見て、大きな欠伸《あくび》をした。裕太は思いきって尋ねてみた。

「グレートデーン、でしたっけ?」

「そうですそうです。ドイツ原産でね。一番背が高い犬としてギネスにも認定されてるんですよ」

男性は自慢げに答える。

「大きいですけど性格は穏やかでね。ほら、優しい目をしてるでしょ」

たしかに従順そうな目付きをしている。とはいえ、この大きさでは威圧感もすごいが。

「力も強いんでしょうね？」

「それはね、この体だから。でも躾《しつけ》はしっかりしてるんで暴れたりはしないです」

「でも、一度逃げたんですよね？」

裕太が言うと、飼い主は「ああ」と声を洩らす。

「たしかにね。でも一度だけです。まさか夜中に家を抜け出すとは思いもしませんでした。ちゃんと鎖に繋いでおいたんだけど」

「鎖を引きちぎったんですか」

「カイの力でも、そこまでのことはできない、と思ってたんですけどね。でも実際、鎖が切れてたんですよ。結構丈夫なのを使ってたのに。女房は誰かが鎖を切ったんじゃないかって言ってるんですけどね。そんな悪さをする奴なんかいるかなあって。とにかく今は、もっと頑丈なのを使ってます。散歩のときも、ほら、こんなに太いのを」

男性は持っている引き綱を見せた。革製だがかなり太く縒《よ》り合わせたものだった。

「そういうこと、つまり鎖を切ってカイを逃がそうとするようなことをしそうな人間って、心当たりあります？」

裕太が突っ込んで尋ねると、男性は首をひねって、

「どうかなあ。いたずらでやるにしてもタチが悪いよね。嫌がらせをされる覚えもないしなあ。わからないねえ」

カイがまた飼い主を見て歩きたそうな素振りを見せる。

「わかったわかった。まだ歩き足りないんだろ？　この子、毎日二回、一時間くらい歩かせないといけないんだよ。こっちも大変。まあ、いい運動になるんだけどね。じゃあね」

そう言うと男性は歩きだす。

「ありがとうございました」

後ろ姿に声をかけると、男性は軽く手を振り、カイは一度だけ振り向いて裕太を一《いち》瞥《べつ》してから、また前を向いて歩き去った。

裕太も歩きだしながら、頭の中で今の会話を反芻《はんすう》する。あの飼い主はあまり深刻に考えていないようだが、カイを繋いでいた鎖が故意に切られた可能性は高いのではないか。何者かがいたずらのつもりで切ったのか、他に目的があったのかはわからない

が。

他の目的……まさか、本永七海を襲わせるために？

馬鹿な、と思いつきを否定しようとした。いくらなんでもカイに七海を殺させようとしたなどとは考えられない。だが、もしも彼女に害意を抱く者がいたとして、帰宅途中にカイをけしかけたとしたら。犬は遊んでもらうつもりで飛びつこうとしたのだとしても、あの大きさだ、七海が身の危険を感じたとしてもおかしくない。そして中学校に逃げ込み、馴染《なじ》みの教室に入ってドアにモップを立てかけ、校庭に犬がいないのを見て逃げ出そうと窓から時計塔に飛び移ろうとした……流れとしてはおかしくない。時計塔に飛び移れなかった七海は持っていたバッグもろとも落下して死んだ。そしてバッグの中に入っていたスマホは何者かに持ち去られた。

問題はその何者かというのが誰なのかということだ。そいつがカイを逃がし七海にけしかけたのは間違いないだろうが、誰がそんなことをしたのか。そこがまるでわからない。

ただ、ひとつわかっていることがある。そいつは七海のスマホを使い、広浜優美に電話した。そしてその電話が優美の死を促した。

やはり「そいつ」はセナなのだろうか。いや、七海が死んだとき彼女は東京にいたと渋沢が言っていた。犯人は別にいる。

頭が混乱してきた。今日は両親に離婚の話を聞かされたこともあって、脳が疲労していた。自分の将来についても考えなければならないのだけど、真剣に向き合うのが面倒だし怖い。もう帰って寝てしまおう。

家に戻り、両親と顔を合わせないようにしながら自分の部屋に入る。途中の自販機で買った緑茶のペットボトルを開けて一口飲み、息をついた。「晩飯不要」と書いた紙をドアの外に貼り、ベッドに潜り込もうとした。が、ふと気になってパソコンを開きYouTubeを覗《のぞ》いてみた。例の「N中学校墜落死事件を大胆推理！」動画はもうほとんど再生数を増やしていない。一時期少しばかり話題になったものの、あっと言う間に忘れられていった。コメント欄にも変化はなさそうだった。

あれ以来、新しい動画もアップしていないのも低迷の原因なのかもしれなかった。再生数を上げるには頻繁に新作を配信しなければならないのだ。しかしそんな気力もネタもなかった。

やはり稼げるユーチューバーになる才能なんてないのだな。裕太は自嘲しながら、ぼんやりとコメント欄を眺めていた。ひとつだけ、新しいコメントが増えていた。アカウント名「xxxxxxpnnnn」からのものだった。前に付けられていたコメントに

「もしかして、おな中ですか？」とリプライした。それへの再コメントだった。

【時計塔、修復されるんですね。昔のものが無くなるのは少し寂しい気分です】

間違いない。このひとは中川中の卒業生だ。

そして多分……多分、立石セナだ。

先程までのどんよりとした疲労が吹き飛んでいた。代わりに震えのようなものが背骨を駆け上がってくる。俺は今、あの立石セナと直接繋がっている。

どうしよう。どうしたらいいのだろう。裕太は狼狽《ろうばい》する。落ち着け。セナに会えたら訊きたいことがあったはずだ。それは、それは……。

不意にあのときの光景がフラッシュバックする。大型のナイフを手にした迷彩服の男。向かう先には若い男と少女。裕太と眼を合わせた少女。その視線。

応えなければ。あの少女の視線に自分は応えなければならない。ずっとそう思ってきた。あのとき若い男が刺され、迷彩服の男――榎保憲がこちらに向かってきた。次は自分が刺される。その恐怖に体が動かなくなっていた。あのとき、少女の存在は完全に忘れ去っていた。

彼女のことを思い出したのは、榎が警察に取り押さえられ、負傷者のひとりとして運ばれた病院で手当てを受けた後、警察の事情聴取を受けるため待合室のベンチに座って待っているときだった。

思い出したらもう他のことが考えられなくなった。あの視線。訴えかけるような責めるような何かを諦めたような、あの視線を前にして、自分は何も返すことができなかった。そのまま引きこもり生活になった後も、時折あの視線を思い出して声をあげたくなることがあった。なぜあんな眼で俺を見たのか。助けを求めたのか。助けようとしなかった俺も非難していたのか。でもあの子は襲われなかった。一緒にいたあの若い男が刺され、彼女は消えた。俺が助けなきゃいけないようなことにはならなかったんだ。むしろその後、俺が榎に襲われそうになった。責められる謂《いわ》れはないはずだ。

彼女に弁明したかった。自分があのときどんな状況で何を思っていたか。何を求められていたにせよ、自分はそれに応えられる状態ではなかったのだ。そのことをわかってもらわなければならない。そのためには……。

裕太は「xxxxxpmm」宛のコメントにリプライした。

【お話ししたいことがあります。連絡先を教えてください】

ディスプレイに表示された自分の投稿を見て、かすかな胸の高鳴りを覚える。応答はあるだろうか。期待はできない。でも期待したい。

今度こそベッドに転がる。今日はいろいろなことがありすぎた。頭がキャパオーバーしている。眼を閉じ、眠ろうとした。でも両親のことやカイのことやセナのことが頭の中を駆けめぐって落ち着けない。また起き上がってパソコンを開けようか。いや、今日はもうこれ以上の情報を入れたくない。我慢して眼を閉じていた。そのうちに思考が揺れ形を無くしはじめる。眠気がやってきたのか、とぼんやり思っているうちに意識が途切れ、次に気が付いたときには窓のカーテン越しに陽が差していた。驚いて起き上がる。昨日は歯も磨かなかったので口が気持ち悪い。その上ひどく空腹だった。自堕落、という言葉が脳裏に浮かぶ。

キッチンに行くと、いつものように朝食の支度ができている。今日はコーヒー用の砂糖とクリームが用意されていた。

コーヒーを淹《い》れながら思う。今まで砂糖とクリームを置いてなかったのは母親なりに何かの意思表示をしたかったのだろうか。そしてもう、それを諦めたのかもしれない。この小さな心配りは本当は最後通牒《つうちょう》なのかもしれなかった。そんなことを考えながら朝食を摂《と》る。コーヒーは砂糖を入れても苦く感じた。

食後、少し乱暴に歯を磨き、自分の部屋に戻るとパソコンを開いた。メールが一通届いていた。タイトルは「時計塔の思い出に」。

裕太は息を吞んだ。知らないメールアドレスだった。開いても何も書かれていない。

わかるのはメールのタイトルと、メールアドレスだけ。適当なアルファベットのGmailだった。多分このために急ごしらえしたものだろう。

繋がった。ついに立石セナと繋がった。いや、本当にセナかどうか確認できているわけではないのだけど、でも多分、間違いない。

裕太はインターネット上で大容量のファイルを共有できるオンラインストレージに、榎保憲と遭遇したときのことを語った動画を保存した。そしてセナのメールアドレス宛に「ここに見てほしい動画があります。ダウンロードしてください。危険はありません」と書き添えてロードURLを送った。

YouTubeで不特定多数に公開するより、一番見てほしい相手に見てもらう。それが一番いいと思った。セナがあのときの少女なら、わかってくれるはずだ。もしそうでなかったら、そのときは……。

その先のことを何も考えていない自分に気付く。出たとこ勝負というか、行き当たりばったりというか、どうしようもなく場当たり的で無計画だ。しかし裕太にはこれしか考えられなかった。

メールを送ると、どっと疲れが出た。たいした作業でもなかったのに、気を張っていたらしい。椅子に座ったまま、しばらくぼんやりとしていた。

視線の先に、本棚からはみ出している一枚の紙があった。母親に渡された「ひきこもり地域支援センター」のチラシだ。あらためて抜き出してみる。「一人で悩まずに、まずは相談してみませんか」と書かれていた。もしかしたら、いやきっと、母親はすでにここへ相談に行っているのだろう。もしかしたら離婚を決めたのも、その「相談」の結果なのかも。息子の自立を促すために離婚しろ、とまでは言わないだろうが、何らかのきっかけを作れと助言されているのかもしれない。だから母親は決心したのだ。そう考えるとこのセンターとやらが忌《い》ま忌《い》ましく思えてくる。大きなお世話をしやがって。母親が離婚なんて思いきった決断をしなければ、俺はまだまだこのぬるま湯に浸《つか》っていられたのに。もちろん、いつまでもこうしていられないことくらい、わかっていた。でももう少し、猶予《ゆうよ》があったはずだ。その間に俺は……。

——その十年に、あと四カ月足して考えるんだ。

父親の言葉が脳裏に甦《よみがえ》る。十年に加えて、あとどれくらいの猶予があったのだろう。それが四カ月と期限を切られてしまった。その間に自分の身の振りかたを考えなければならない。仕事を見つけ、住処《すみか》を見つけ、新しい人生を見つけなければ。

人生か。

この言葉に人間は縛られすぎている。人生なんて別に必要ない。ただ生きる。俺はそういう人生を選びたい。ただ生きて、いつか死ぬ。それでなぜいけないのか。いや、誰もいけないとは言わないだろう。ただ、生きていくためには衣食住が必要で、そのためには仕事をして金を稼がなければならないだけのことだ。人生には、そういう「生活」が貼りついている。たつきの道というやつ。そいつが面倒だ。

本当に、面倒だ。

裕太は椅子から立ち上がり、部屋の中で腕を振り回した。強張《こわば》っていた肩の筋肉と肩甲骨《けんこうこつ》が痛みを発し熱くなる。その程度のことで気を紛《まぎ》らわせるのは難しいが、鬱屈《うっくつ》を体で発散したかった。

パソコンからメールの着信音が鳴る。椅子に座り直して開いてみた。

あのメールアドレスからだった。思わずディスプレイに向かって身を乗り出す。メールのタイトルは「動画見ました」だった。そして主文は瑞穂区内の住所と日時が記されているだけのものだった。

……。

裕太は困惑する。メールの送り主がセナだという確信が揺らぐ。しかしこの住所は

メールに書かれた日付をカレンダーで確認する。明後日の午後三時。それが何を意味しているのか、すぐに了解した。

面会を求められているのだ。

16

その日は朝から薄暗い曇天《どんてん》だった。

久しぶりに市バスを利用した。雁道《がんみち》のバス停で降りると四車線の広い道路を車が忙《せわ》しなく行き交っている。小さいながら商店街もあって賑わっている地域のように見えたが、道を少し歩いただけで雰囲気が変わった。裕太の住んでいる地域と変わらない閑静《かんせい》な住宅街が広がっている。

メールで指示された住所には五階建てのマンションが建っていた。外壁の汚れ具合からすると結構築年を経ているようだ。

ここか。ここが……。

裕太はマンションの周囲を何度か見回した。駐車場に面したバルコニーはどの階のものも同じデザインで、下から見るかぎりフェンスもあまり高くなさそうだった。隣との間隔は、かなりある。

マンションにはエレベーターもない。裕太は暗い階段を上がった。

三階の三〇二号室の前に立つ。くすんだ緑色のドアがある。ネームプレートを差し込むための小さなフレームが設置されているが、そこには何もなかった。

インターフォンのボタンに指を伸ばしかけて、裕太は手を止めた。知りたいという欲求と、ある種の義務感に駆られてここまで来たのに、今になって躊躇《ためら》っている。押すか、押さずに帰るか。胸の振り子が揺れる。

結局、押した。

しばらくの沈黙。この間にまだ引き返すこともできると一瞬思う。そうしないのはわかっているけど。

――はい。

くぐもった声が応じてきた。

「あ……あの……」

声が喉に引っかかってうまく出てこない。咳払《せきばら》いをして、

「あの、中村です」

やっと告げた。

鍵が開けられる金属的な音がした。ゆっくりと緑のドアが開く。

姿を見せたのは、ひとりの若い女性だった。その顔を見た瞬間、裕太は理解した。

彼女だ。

こちらを見つめる眼。間違いない。あのとき自分を見つめていた、あの眼だ。

つまり彼女が……。

「こんにちは」

向こうが声を発した。

「あ……こんにち、は」

なんとか言葉を返す。

「あなただけですか」

「え、ええ」

「じゃあ、入ってください」

そう言われ、中に足を踏み入れる。ドアを閉めると彼女は素早く施錠した。

室内にはかすかに香の匂いが漂っている。玄関は靴も置かれておらず、汚れもない。

廊下も掃除が行き届いている。

「こちらへ」

奥の洋室に通された。裕太はおずおずと部屋を見回し、そして息を呑んだ。

閑散とした部屋だった。テレビやテーブルや椅子など一切ない。目立つものは床に置かれた黒いバッグひとつと、壁に貼られた一枚のポスターだけだった。

ポスターに写っているのは、立石セナだ。

制服姿の彼女は、今よりずっと幼く見える。この頃から髪はショートボブにしていた。どこかの公園で撮影されたものらしく、ぼやけた背景の中にブランコや滑り台など子供の遊具が見て取れる。セナは少し斜めに立って、こちらを見つめていた。

その視線。裕太はまた混乱した。

「初めてカレンダーを出したとき、購入者プレゼントで付いてたポスターなんです」

背後で彼女が言った。裕太は振り返る。見つめている、その視線。

「あなたは……」

「座ってください」

フローリングの床を指し示す。裕太はそれに従った。

彼女はキッチンからペットボトルと紙コップを持ってきて、向かい合うように腰を下ろした。

「驚いてます？」

コップに緑茶を注ぎながら尋ねてくる。

「あ、えっと、はい」

　そう答えると、裕太は腹を括《くく》って相手を見つめ返した。肩まで伸びる髪は梳《と》かしただけらしく整っていない。化粧っ気もほとんどなく顔は青ざめて見える。身につけているのは臙脂《えんじ》色のサイドに白線が入った所謂芋《いわゆるいも》ジャージと呼ばれるものの上下だ。それもかなり着古している。洗練された衣服を身に纏《まと》いメイクも入念な立石セナとはまったく違う。

「セナさん、ではないんですか」

　思いきって尋ねてみる。

「少し違います」

　彼女は裕太の前に紙コップを置いた。

「少し？　どういう意味ですか」

「別人だけど、血は繋がっています。セナはわたしの姉です」

「お姉さん……」

　思い出した。最初に読んだセナのインタビュー記事に、たしか「両親と妹の四人家族」と書かれていた。

「たしかに、よく似ている」

「姉はわたしのこと『一歳違いの双子』って言ってました。でも全然違う。わたしは姉とは似てないです。何もかも違います」

彼女は言った。

「姉は強いひとです。わたしより辛い思いをしてきたのに、めげずに自分の夢を叶《かな》えました。わたしとは違います。わたしは、逃げてしまったから」

「逃げた？　何から？」

「何もかも。小学校のときからずっと不登校で、家に籠もってました。両親は心配して無理やり外に出そうとしたけど、わたしは絶対に出なかった。世界が怖かったからです。二十歳を過ぎる頃まで、そうしていました」

セナの周囲に妹の存在が感じられなかったのは、そういうことだったのか、と裕太は得心する。

「でも、榎保憲が通り魔事件を起こしたとき、あなたは栄のあの場所にいたんですよね？」

思いきって尋ねてみる。彼女は答えた。

「いました。あなたもですね？」

「ええ……俺たちはあのとき、どちらかが殺されていたかもしれない。いや、ふたりとも死んでいたかも」

「でも、ふたりとも死ななかった」

「そう。でも引きこもっていたあなたがどうして、あの場所にいたんですか」

裕太が尋ねると、彼女は少し苦しげな表情を見せた。

「そのことについて話すのは、少し辛いです」

「すみません。だったら——」

「でも、話します。今日はそのつもりで中村さんを呼んだんですから」

彼女はクッションの上で姿勢を直す。そして話しはじめた。

「わたし、小学校の頃から引っ込み思案で、クラスでいつもいじめられてきました。それが辛くて学校に行けなくなって、ずっと家に引きこもってました。中学に行く年齢になってもそれは変わらなくて、ほとんど家から出なかったんです。スマホでゲームとかしてました。でもやってるゲームについて話す相手とかはLINEにいて、そういうひとたちとはなんとなくコミュニケーションできてたんです。その中でも同年代の女の子と結構仲良くなって、ずっと話をしてました。その子、オレオって名乗ってたんですけど、ひとの話を聞くのが上手で、わたしがゲームの進行で困ってるところとかも上手に教えてくれて。その子と話してるのは、とても楽しかった。毎日話してました。オレオも学校が楽しくなくて行ってないって言ってて、親近感っていうか、同じなんだなあって思ってたんです。それでゲームのことばっかりじゃなくて、自分のこととかそういう話もするようになりました。オレオは何でも受け入れてくれて、わたしが悩んでることなんかでも『そのままのあなたでいいと思うよ』って言ってくれて、それですごく安心できたんです。だからわたし、いろんなことを彼女に相談しました。学校のこととか家族のこととか。自分の容姿にコンプレックスがあることとか。オレオは『誰だって自分であることが一番いいんだから』って言ってくれたんだけど、姉がすごくきれいだったから余計にコンプレックスを感じちゃって。そんなことを相談したら『写真を送って。わたしが判断してあげる』って言ってきたんです。恥ずかしかったけど思いきって自撮《じど》りを送ったら『とってもかわいいよ。自信を持って』って言ってくれました。でも体型とかよくないからって言ったら、オレオから写真が送られてきたんです。ヌードでした。わたしと同じくらいの年頃の女の子が家で自撮りしたような写真。『わたしだってこんなだよ。でもわたしはわたしの体が好きだよ』ってメッセージが添えられてました。そして『あなたも同じような写真を送って。わたしがあなたのこと駄目なんかじゃないって教えてあげるから』って言ってきたんです。そういうの恥ずかしかったけど、でも向こうも写真を送ってきてくれたし、折角仲良くなったのに気を悪くされたくないって思って、それでわたしも写真を撮って送りました。そしたら『あなたはとても美しい。あなたはとてもかわいい。あなたは最高よ』って返してくれて。そのときわたし、なんだかとっても嬉しかった」

訥々《とつとつ》と言葉を選ぶように、彼女は話しつづけた。

「あるときオレオが『今度名古屋に行くから会いましょう』って言ってきたんです。嬉しくてすぐに返事しました。あの日、栄で待ち合わせて、時間どおりに行ったけど、それらしい女子はいなくて、でもそのときにわたしに声をかけてきたのは、男のひとでした。わたしの名前を呼んで『俺、オレオ』って言ったんです。そして自分のスマホをわたしに見せたんです。わたしが送った裸の写真がありました。『騙《だま》すつもりじゃなかったんだよ』って、その男のひとは言いました。『こうしないと友達になってくれないと思ったから。この写真はまだ誰にも見せてないから。俺だけのものだからね』って。わたし、どうしていいのかわからなくなっちゃった。まさかオレオが男のひとだったなんて、考えもしなかった。このひとに裸の写真を送っちゃった。どうしよう。『まだ誰にも見せてない』って言ったけど頼んだら消してくれるかな。でも『まだ』ってことは、もしかしたら見せたりするつもりなのかな。まさかネットにあげたりしないかな？　でも訊くのが怖い。頭が真っ白になって、怖くて。そしたらオレオが『怖がらなくてもいいよ。ホテルの俺の部屋に行こう。少し休んで、話をしよう』って言って、わたしを連れていこうとしました。すごく怖かった。でも拒否したら何をされるかわからないし、それも怖い。結局一緒に行くしかなかったんです」

　そこまで話すと、彼女は黙り込む。先を促したい気持ちを抑えて、裕太は紙コップの緑茶を飲み干し、相手が再び話しはじめるのを待った。

「……栄の街中の、たくさんのひとが行き来してるところを、オレオに肩をつかまれて歩いてました。オレオはずっとわたしに話しかけてました。でも何の話をしてたのか覚えてません。ただ怖くて逃げたかった。逃げたかったけど、逃げられなかった。誰かに助けてって言いたかったけど、言えなかった。どうしたらいいのかわからなくて本当に怖かった。噴水のあたりに来たとき、前のほうに別の男のひとが見えました。暑い日だったのに分厚そうな服を着て、坊主頭で手袋をしてました。ナイフみたいなものを持ってた。その男のひとが、わたしを見たんです。何にも考えてないみたいな顔をしてた。そして、こっちに向かってきたんです。あ、って思いました。何かされる。そんな気がしたんです。わたしを連れていこうとしているオレオは気が付いてなかったみたい。ずっと何か話してました。男のひとは早足で真っ直ぐこっちに来ました。そして持ってたナイフを振り上げたんです。怖くなって眼を逸《そ》らしました。そしたらもうひとり、男のひとがいました。地面に座り込んでこっちを見てた。そのひとと視線が合ったんです」

彼女が裕太を見つめる。裕太はその視線を受け止めきれず、俯いた。

「そのひとの眼が言ってました。『おまえは罰《ばち》が当たるんだ』って。そうか、って思いました。わたしは悪いことをして、変なひとに裸の写真なんか見せたりしたから罰が当たって、死ぬんだ。あのナイフの男のひとは、わたしに罰を当てるためにやってきたんだって」

「いや……」

言いかけて、裕太は口を噤《つぐ》む。いや、あのとき自分はそんなこと思ってもいなかった、と弁明したかった。ただ腰を抜かして茫然《ぼうぜん》としていただけだと。しかし今は口を挟むときではなかった。

彼女は話を続ける。

「そう思ったら急に気持ちが楽になって……変な感じでした。オレオに脅されて、それだけじゃなくてもうすぐナイフを持ったひとに襲われそうなのに、すうって気が楽になったんです。これでいいんだ。ここで死ねばいいんだって思えました。でも、襲われたのはわたしじゃなかった。あのとき、何が起きたのか今でもよく思い出せないんだけど、ひょっとしたら最後の最後で怖くなって、オレオの陰に隠れちゃったのかもしれない。オレオは男のひとがナイフを持って迫ってきてることにずっと気が付かないままで、わたしに話しかけることに夢中だったみたい。だから身を避《よ》けることもしなくて、背中を刺されて初めて『痛っ！』って声をあげて、もう一度刺されて地面に倒れました。そのとき、全然違うところからすごい力で引っ張られて、気が付くと誰かがわたしを抱えて走ってたんです。オレオと男のひとのところから離れて、そのひとはわたしをやっと離しました。白髪《しらが》のお爺《じい》さんでした。『怪我《けが》はないかね？』って訊かれたから、ありませんって首を振ったら『ここで待ってなさい』って言って、また戻っていったんです。ナイフの男のひとは倒れてるオレオから離れて、今度は尻餅をついてる男のひとのほうに行こうとしてたけど、急に向きを変えて違うほうへ走りだしました。お爺さんはものすごい勢いで走っていって、ナイフの男のひとにぶつかっていきました。そして腕をねじ上げてナイフを放させて、それから警察のひとたちがいっぱい来て、ナイフの男のひとを取り押さえました。そこまで見て、わたしは逃げ出したんです」

彼女の告白を裕太は息を詰めて聞いていた。あのときのことを他人の眼から見て話されたのは初めてだった。彼女を助けた「お爺さん」というのは、たまたまあの場に居合わせたという元刑事だろう。

「……わたし、すぐに家に帰りました。そしてベッドの中で震えてました。目の前でひとが刺されるなんて、あんなに怖い経験、したことなかった。その後、テレビで事件のニュースを見ました。そしてオレオが死んだことを知りました。怖くて気を失いそうになりました。このことは誰にも話せないと思いました。でも、姉にだけは全部話しました。わたしもあのとき、殺されていたかもしれない。オレオは、わたしの身代わりになったんだ。そう言ったら姉は『大丈夫。ちいちゃんのせいではないから』って言ってくれたんです。『ちいちゃんの苦しみはわたしも引き受けるよ。だから心配しないで』って。姉がそう言ってくれて、すごく安心できました。その後もあのときのことを夢に見たりして怖かったけど、姉がいつも慰めてくれたから。それでわたし、思ったんです。ひょっとしたらわたしは一度あそこで死んだのかもしれない。そう考えたら自分が生まれ変わったような、前とは違う人間になったような気がしました。学校には行けなかったけど、少しずつ姉と外に出ることもできるようになって。栄はまだやっぱり怖かったけど、名古屋駅あたりなら買い物とかにも行けるようになったんです。駅前を歩いていてスカウトされたときも、ちょっとびっくりしたけど面白そうだなって思って、自分でもびっくりするくらい大胆になっちゃいました」

少しだけ、はにかむように笑う。裕太はその表情を複雑な気持ちで見ていた。

「姉も中学校でいじめられてたことは知ってました。クラスメイトにずいぶんひどいことされたって。もしかしたら、わたしより辛い目に遭ってたかもしれない。なのに姉は不登校にもならなくて、ちゃんと中学を卒業しました。あれってもしかしたら、わたしのせいだったのかもしれない。姉まで引きこもりになったらお母さんが本当に苦しむから、我慢して学校に通ってたのかもしれない。そう思うとわたし、本当に姉に申しわけない気持ちになりました。デビューして何年かして実家を取り壊すってことになって、いい機会だから姉にも両親にも迷惑をかけないように家を出て独立しました。そのときも姉が助けてくれて、家賃とかも援助してくれたんです。わたしは何をするにも姉に頼りきりです。だからせめて、わたしにできることで姉を守ろうと思いました。姉の素敵な人生を汚したり邪魔したりするような奴を、わたしの手で取り除こうって。一番に消さなきゃいけないって思ったのは、姉にひどいいじめをしていたひとたちです。わたしがどんなに素晴らしい仕事をしても、あのひとたちはわたしを嘲笑《あざわら》って馬鹿にして踏みにじるに違いないんです。だから懲《こ》らしめてやらなきゃ。そう思ったんです」

「だから殺したんですか。本永七海も広浜優美も、それから葛山晴香も」

裕太が尋ねると、彼女は首を振った。

「殺すつもりなんて、ありませんでした。ただ自分たちの罪を認めて悔《く》い改めてくれたらって。そのために、ちょっとだけ脅してやろうって思ったんです。そのために三人の生活を調べてみました。本永さんが今でも実家暮らしで、仕事の帰りが夜になることもわかりました。だからそっと彼女の帰りを尾行してみたんです。そしたらわざわざ回り道をしてるのがわかって、どうしてだろうと思ったら近道するとカイの家の前を通るからなんだってわかりました。カイっていうのは、すごく大きな犬の名前です。散歩をさせてた家のひとが教えてくれました。本永さん、カイが苦手なんだってわかりました。だったらいきなりカイに襲われたらびっくりするだろうって思って、仕掛けてみることにしたんです」

「カイを繋いでる鎖を切って連れ出して、本永さんを襲わせたんですね？」

「中学校の前の十字路でこっそり隠れて、本永さんが来たらカイを放しました。本永さんはカイのこと嫌ってたけどカイは本永さんのことが好きだったみたいで、遊んでもらおうと飛びかかっていきました。でも本永さんはいきなりカイに飛びつかれてびっくりしたみたいで、悲鳴をあげて逃げ出しました。カイがそれを追っかけていって、わたしも後をついていきました。そしたら本永さんは校舎に逃げ込んで、姿が見えなくなりました。カイは校庭でうろうろしてたけど、そのうちどこかに行ってしまいました。しばらく本永さんを待ってたら、あのひとは校舎の三階の窓を開けて、飛び降りたんです。わたし、びっくりしました。どうしてあんなことをしたんだろう？」

「時計塔に飛びつこうとして失敗したのではないでしょうか」

裕太が言うと、

「……ああ、そうか。そういうことだったんですね。今やっとわかりました」

彼女は得心したように頷く。

「わたし、倒れてる本永さんのところに行きました。助けようとしたんです。でもも

う動いてなかったし、眼も見開いてて、ああ死んじゃったんだなって。救急車とか呼

んでも意味ないのがわかったし、呼んだらわたしが何をしたのか説明しなきゃいけな

くなるし、だから、やめてそのまま逃げちゃいました」

特に罪悪感など抱いている様子もなく、彼女は雑談でもしているかのような口調で

語った。

「スマホは？」

裕太は嫌悪感を押し殺して、尋ねてみた。

「本永さんのスマホ、持ち出していませんか」

「ああ、はい」

　彼女は黒いバッグを引き寄せ、中からパールピンクのケースに収められたスマホを取り出した。

「本永さんが倒れてた近くにバッグが落ちてて、口が開いてこれが転がり出てたから、持っていくことにしました」

「どうして？」

　裕太が重ねて尋ねると、彼女少し首を傾《かし》げ、

「どうして……どうしてかな？　印、が欲しかったのかもしれません」

「印？」

「戦った証拠に手に入れるもの。印じゃなかったかな？　何だっけ？」

「戦利品、ですか」

「あ、それです。戦国武将とかは敵の首を持ってくんですよね。でもさすがに首は切れなかったし」

　何でもないことのように、彼女は言う。

「スマホ、パスコードロックされてなかったから中身も全部見られました。最初はちょっと興味あったけど、他人のＳＮＳとか写真とかって、そんなに面白いものじゃなかったです。それにしょっちゅういろんなひとから電話がかかってくるから、普段は

電源を切って放り出してありました」

彼女はスマホの画面を見せる。今は電源が入っていて、アプリのアイコンが並んでいるのが見える。

「登録されてた番号の中に広浜優美さんの名前があったから、あるとき不意に思いついて電話をかけてみたんです。そしたら優美さん出てくれたから、死んだ本永さんのふりをして言ったんです。『セナは許さないって。だからわたしは死んだのよ』って。軽い嫌がらせのつもりでした。彼女たちが姉にした仕打ちに比べたら、たいしたことありません。だけど面白いですね。これだけのことで広浜さんは死んじゃいました」

これだけのこと……たしかにやったことは些細《ささい》なことだろう。しかし結果は重大なものだった。彼女はその重大さを理解していないのか、軽く感じている。嫌悪感と恐ろしさで裕太は気持ちが悪くなってきた。目の前で話しつづけている女性が、人間の形をした何か別の存在のように思えてしかたない。これ以上、話を聞きつづけるのは無理だ。裕太は立ち上がろうとした。少し眩暈《めまい》がして、立ち上がれなかった。

「まだ最後まで話してません。ここからが大事なんですから」

彼女が言った。

「葛山晴香さんのことですか。あれも、あなたがしたことなんですか」

気持ちが悪くて、うまく喋《しゃべ》れなかった。

「はい」

屈託なく、彼女は答えた。

「本永さんが死んで広浜さんが死んで、わたし考えたんです。ふたりとも別に殺したくて殺したわけじゃない。でもわたしがちょっと手を出しただけで、あっさり死んでしまった。やっぱりあのひとたちは死ぬべきひとたちなんだって。だとしたら、残るひとりも死ぬべきなんじゃないか。そう思いません？　三人で姉にひどいことをして、ふたりが罰を受けた。ひとりだけ逃れるなんて、よくないです」

「それで葛山さんを殺したんですか」

「はい」

「もしかして、そのために、ここに？」

「そうです。運良く葛山さんの隣の部屋が空いてるって知って、引っ越してきました」

瑞穂《みずほ》区雁道《がんみち》町カーサ・クレシア三〇二号――彼女から送られてきたメールに記されていた住所を見た瞬間に、理解した。葛山晴香を殺したのは彼女だと。

「引っ越してすぐに葛山さんと顔見知りになりました。葛山さんが出入りするときに偶然を装ってわたしもドアを開けて挨拶したり、いい天気ですねえとか昨日は工事の音がうるさかったですねえとか、そんな雑談したりして。とにかく顔を覚えてほしかった。親元から届いたお裾分けだって言ってリンゴを持っていったら、すごく喜んでくれて。もちろんリンゴは自分で買ったものですけど。わたしたち、いい友達になったみたい。そんな気がしてました」

「なのに、葛山さんを殺したんですか」

「はい」

彼女は屈託なく頷いた。

「あの夜、午前零時過ぎだったでしょうか。本永さんのスマホに電話が入ったんですよ。いつもは電源を落としてるんですけど、まだ使えてるかどうか確認するために電源入れてたんです。ちょうどそのときにかかってきて。相手は葛山さんでした。わたし思わず出ちゃいました。葛山さんも電話の向こうでびっくりしてました。『あんた誰?』って。わたし『本永七海』って答えてやりました。葛山さんは『嘘をつかないで。七海は死んだのよ』って言ってくるから『死んだわよ。これは冥界《めいかい》の電話なの。罪の意識を持っている者しか繋がらない』と答えました。そして逆に『あなたはなぜ死人の電話にかけてきたの?』と訊いたんです。そしたら彼女、急に泣きだして『だったらどうして今まで電話に出てくれなかったの？　何回も電話したのに』って怒るんですよ。なんだか酔ってるみたいでした。そんなこと言われてもねえって思ったけど『何か用なの？』って訊いたら『自分ひとりでは考えていられなくて。七海に聞いてほしいことがあるの』と言い出しました。そして立石セナをいじめてた頃のことを話しはじめたんです。『七海、あなたに嫌われたくなくて嫌々やってたんだよ。でも、あのときのことをずっと後悔してるんだ』って。そして『今日、マスコミらしいひとからメールが来て、そのときのことを話してくれないかって言われたの。一度は断ったけど、自分の気持ちを整理するためには、取材を受けたほうがいいのかしらって気になってきたの。でもセナはすごい有名人になったでしょ。わたしがいじめた人間だと知られると世間から非難されるかもしれないし。どうしたらいいのかわからなくて、相談したいんだけど誰も相談できる相手がいなくて、つい電話しちゃった』って。わたし、その話を聞きながらほんと、どうしようもないなって思いました。あんなひどいことしておきながら、ぐじぐじ悩む程度の後悔しかしてないのかって。仲良くなって少しばかり彼女のことを見直してたんだけど、ちょっと甘かったなって思いました。それにあのいじめのことをマスコミに話すなんて許せないとも思いました。このひと、放っておいたらいつ世間にあることないことバラすかわからない。やっぱりちゃんとするべきことをしなきゃいけない。そう思ったんです」

彼女は淡々とした口調で話しつづける。その内容に裕太は驚いていた。前に珈琲店で桑原が自分に話した推理とほぼ同じだったからだ。あのとき彼は結構的確に真相を見抜いていたのか。

「だからわたし、葛山さんには『わたしもそのことをずっと秘密にしていて苦しかった。だから死んだ後も冥界を彷徨《さまよ》っているの。あなたもそうならないために、自分が後悔しないようにするべきことをするべきよ』とか適当なことを言ったら、すごく納得したみたいで『わかった、今から相手に取材受けるってメールを送る。ありがとう』って感謝してくれました。電話を切ってからわたし、ちょっと支度を済ませて彼女の部屋に行ったんです」

彼女はまだ話しつづけている。

「思ったとおり、葛山さんはかなり酔っぱらってました。わたし『ベランダに干した洗濯物が風に飛ばされて、そちらのベランダに入ったみたいなんで取らせてほしい』って頼みました。彼女は警戒もしないで部屋に入れてくれました。わたしは葛山さんのベランダに出てから、『洗濯物が見つからない』って騒ぎました。様子を見に葛山さんもベランダに出てきました。わたしが『フェンスの下に引っかかってるかもしれない』って言ったら葛山さんが身を乗り出して下を覗き込んだんです。後は簡単でした。ひょい、って」

彼女は何かを持ち上げて放り出すような仕種《しぐさ》をした。

「足を持ち上げて放り出したら、葛山さんはあっさり落ちていきました。わたしはその後ドアの鍵が掛かってるのを確認してから部屋を出ました」

「どう、やって？」

声が出にくい。つっかえながら尋ねる。彼女はすんなりと答えた。

「葛山さんの部屋のベランダから、わたしの部屋のベランダへ移ったんです」

「それは……無理だって聞いたけど。三〇二号室と三〇三号の間は距離が、離れているから、ベランダ伝いに移動することはできないって……」

気分の悪さを堪《こら》えながら裕太が言うと、彼女は立ち上がり別の部屋に消えた。そして銀色の大きなものを抱えて引きずって戻ってきた。

「脚立《きゃたつ》……？」

「天井の電球の交換をするのに買ったものです。葛山さんの部屋へ行く前に、これをわたしの部屋のベランダから葛山さんの部屋のベランダに掛け渡しておいたんです。ちょっと怖かったけど問題なく移動できました」

「なるほど……知ってしまえば、そんなに難しいことじゃなかった、ですね」

「そんなことないですよ。脚立が重くてなかなかうまく掛からなくて葛山さんより先にわたしが落っこちそうになりましたから」

彼女は少し笑った。その屈託の無さに、また気分が悪くなる。裕太は我慢できなくなった。やはり来るべきではなかったのだ。ふらふらと立ち上がり、部屋から出ていこうとした。しかし眩暈がひどくて倒れそうになる。

彼女が体を支えた。

「大丈夫ですか。気分悪いんですか」

答えようとしたが、声が喉に絡んで出てこない。

「ちょっと、外の空気に当たりましょう」

彼女は裕太をベランダに連れていった。曇天の湿った風が額を撫《な》でる感覚がある。しかし意識ははっきりしない。フェンスに寄りかかり動けなくなった。

「これに乗ってください」

足下に箱のようなものを置かれた。言われるまま、その上に足を置きフェンスにもたれながらよじ登る。上半身がフェンスを越えて体がぐらりと揺らぐ。

彼女が囁《ささや》く。

「さようなら」

足を摑まれる感覚だけを残して、意識が途切れた。

その後の記憶は、ない。

17

遠くで何か聞こえた。

音楽のような、声のような、耳に心地好い音色だった。

それは繰り返していた。もっとよく聞こうとしたが、意識が集中できない。音のするほうへ向かおうとしても、身動きが取れない。気が付くと体の自由を奪われていた。縛られているのだ。

思い出した。これは、あのときと同じだ。

そのときやっと自分が眼を閉じていることに気付いた。ゆっくり瞼《まぶた》を開く。街灯のあかりにぼんやり照らされた夜の校庭が、そこにあった。

やっぱりそうか。俺はまた、ここに縛りつけられたのか。

中学校の赤い時計塔。そこにひとりきりで取り残されたのだ。

なぜ、こうなるのだろう。あのとき縛《いまし》めから解かれて、それからいろいろなことをした。自分なりに頑張ってみたつもりだ。なのにまた、ここに戻らされて、縛りつけられている。この間に過ごした自分の時間は、まったく無意味だったというのか。俺は結局、あの夜から一歩も踏み出せないままだというのか。ならば俺の人生とは何だったのか。生きていることに何の意味があったのか。

泣きたくなった。こんな人生なら、生きなければよかった。あのとき死んでいたら、殺されていたらよかったのだ。

いや、そもそも生まれてこなければよかったのだ。

目の前に一際濃い影が佇《たたず》んでいる。こちらを窺《うかが》っているような気配がする。奴だ。すぐにわかった。奴がまた現れた。あのとき殺し損なった俺を、今度こそ殺すつもりだ。それならそれでいい。無意味な時間に終止符を打ってくれるなら、願ったり叶《かな》ったりだ。

来いよ。

声をあげた。

さあ来いよ。俺を刺せ。俺を殺せ。

影はゆっくりとこちらに向かってくる。闇の中に鋭い光が生まれる。ナイフだ。奴がついに殺意を剝《む》き出しにしたのだ。

もういい。こんな惨《みじ》めな時間を終わりにしてくれ。早く殺してくれ。

懇願が届いたのか。影はナイフを振りかざす。強い輝きが眼を射貫《いぬ》いた。思わず眼を閉じ、そしてまた開く。

目の前にいたのは、奴ではなかった。

セナ……？　いや、もしかしたら……。

彼女は真っ直ぐに俺を見つめ、そして言った。

——おまえは、生きなければならない。

なぜだ？　なぜそんなことを言う？　俺は彼女に向かって叫ぶ。どうして俺は生きなければならないんだ？　こんなに惨めなのに。

——おまえは、生きなければならない。

彼女は繰り返す。そのとき気付いた。遠くから聞こえていたあの音色は、この言葉だったのだ。

——おまえは、生きなければならない。

やめろ、と声を張り上げた。その言葉は今の俺には呪いだ。何よりも忌まわしい脅しの呪文だ。

なのに、なのにどうして、心地好く耳に響くのだ。

やめてくれ。それ以上、俺に生きることを強《し》いないでくれ。それができないというのなら、せめて、俺がなぜ生きなければならないのか、その理由を教えてくれ。

声を絞《しぼ》って問いかける。彼女はその視線に仄《ほの》かな憂《うれ》いを滲《にじ》ませ、しかし逸《そ》らすことなく見つめてくる。

――おまえは生きなければならない。なぜなら……。

続く言葉が発せられる前に、眩《まばゆ》いほどの光が降りそそいできて、すべてを白く染めた。校庭も、彼女も、そして自分自身も、光に呑み込まれ、そして……。


最初に認識したのは、声だった。

「面白い。とても面白いです」

記憶にある声だった。

「冗談じゃないですよ。殺されかけたんだから」

別の声がする。こちらも記憶にある。裕太はゆっくりと声のするほうに頭を向けた。

「……あ、気が付いた」

そう言って覗き込んできたのは、馴染みのある顔だった。

「……桑原、か」

「意識ははっきりしてるみたいだな」

そう言って桑原が微笑んだ。その横から別の顔が覗き込んでくる。

「ご両親は、もうすぐいらっしゃるそうです」

「……渋沢さん……」

「危ないところでした。まあ、何かあったらすぐに動けるよう監視してたんですが、まさかあの場であんなに大胆なことをするとは予想していませんでした」

「何かって……？」

「中村さん、殺されかけたんですよ。ベランダから突き落とされて」

「ベランダ……」

記憶を辿《たど》ってみる。彼女の告白を聞いているうちに気分が悪くなって、それで……後は思い出せない。

「あなたが飲まされた緑茶に何か入っていたようです。科学捜査研究所に送って調べてもらうことになってますが」

「そう、でしたか……」

「気をつけろよって言ったのに、出されたものを疑いもせずに飲んじまうなんてなあ」

桑原が呆れたように言った。

「いや、俺もまさか、彼女がそんなことをするとは思ってもいなかったんだ。ただ話をして、もしも彼女が一連の事件の犯人なら自首してもらおうって」

「その優しさが仇《あだ》になったようですね。彼女はあなたを危険人物と見なし、排除しようとしたようです」

渋沢の言葉に、裕太はあらためて自分が殺されかけたことを実感した。ただ、不思議に恐怖は感じなかった。

「それで、彼女は？」

「立石チカですか。すでに愛知県警に連行しました。これから取り調べします。事件のあらましはすでにわかってますけどね。中村さんのおかげで」

そう言って渋沢は自分のスマホを見せた。

「立石チカとの会話は中村さんのスマホを通してこちらで録音しています。しかし今回は警察の落度《おちど》でした。葛山晴香さんの隣室の住人について、もっと早くに調べておくべきでした。立石チカが接触してきたことを中村さんが通報してくださったおかげで、一気に解決できたのは幸いでしたが、本来は我々がもっと早くに容疑者の特定をするべきだったと悔やんでいます」

「いいじゃないですか。こうやって犯人がわかったんだし」

　桑原が言った。

「しかしまさか、立石セナの妹が犯人だったとはねえ。これ、超弩級《ちょうどきゅう》のスキャンダルだな」

「彼女は、立石チカは逮捕されてから何か言ってますか」

　裕太が尋ねると、

「中村さんとはYouTubeで知り合ったと。それで自分の部屋に招待したら襲われそうになって、ベランダで揉み合っていたと証言しています」

「正当防衛を主張するつもりだったのか。苦しい言い訳だなあ」

　桑原の言うとおりだと裕太も思う。それだけ彼女に余裕がなかったのかもしれない。もともと彼女は緻密な犯罪計画を練るタイプではない。行き当たりばったりに行動して、それが結果的に三人の命を奪った。次も同じようにできると思ったのだろう。

「これから、彼女はどうなるんだろう?」

　ふと思ったことを呟《つぶや》く。

「取り調べの後に起訴され、裁判にかけられます」

渋沢が答えた。

「そして罰を受けることになります」

そのとおりだ。それはわかっている。自分が知りたいのは……。

ドアが開く音がした。そちらを見ると不安そうな表情の父親と母親が立っていた。

「どうも。先日お伺いしました愛知県警の渋沢です」

渋沢がふたりに向かい、挨拶した。両親もおずおずと頭を下げる。そして母親がベッドの脇にやってきて、泣きそうな顔で言った。

「裕くん、一体、何があったの？」

それを説明しなければならないのか。裕太は少しうんざりした。しかし話さないわけにはいかない。裕太は覚悟を決めて、まず言った。

「渋沢さん、桑原、ちょっと外して。家族で話をするから」

家族。自分が発した言葉に裕太は少しばかり、うろたえた。

18

事件が報道されると、文字どおり世の中は大騒ぎとなった。

今をときめく若手スタア立石セナの妹が殺人事件の犯人として逮捕されたのだ。しかも被害者はセナの元同級生ばかり。動機について警察は「被疑者は黙秘を続けている」としか発表しないので、セナのファンもファンでなかった者も様々に憶測し、話題にした。当然ネットでもこの話題は格好のネタとなり、YouTubeでは「これが真相！」と銘打《めいう》った考察動画が氾濫《はんらん》した。

——中村さんは、動画を出さないんですか。

電話で渋沢から尋ねられたとき、

「出していいんですか」

と、問い返した。

——警察としては秘匿してもらいたい情報ですが、それを握っている中村さんに強要することはできません。

含みのある言いかただった。

結局、裕太はこの件で動画を作ることはしなかった。いや、それ以外の動画もアップすることなく、YouTube自体ほとんど観なくなった。

その代わりに始めたのは、散歩だった。毎日のように家を出て、歩いている。最初は二十分くらいだったが次第に時間を延ばし、最近は一時間以上歩き回っている。目的はない。ただ歩くことだけを続けていた。その話をすると渋沢は電話の向こうで笑った。

——引きこもりは卒業ですか。

「そんなつもりではないんです。意識は今でも変わりません。ただ歩いて、頭の中を空っぽにしたいだけで」

——空っぽになりますか。

「なりますね。本当はいろいろ考えなきゃいけないことがあるんだけど、そういうの

も鬱陶《うっとう》しいから」

——今のお宅が無くなってしまった後のこととか。

「え、ええ。まあ」

そういう話まで、この刑事にしてしまったんだっけ、と裕太は内心呆れる。

——じつはわたしも散歩が趣味なんです。

渋沢は言った。

——仕事で煮詰まったときなんか、家の近所を歩いてリフレッシュしてますね。歩く

のは、いいことです。

「そう、ですね」

相槌を打ちながら、言いたいことをどうやって切り出すべきか迷っていた。

――何か話したいことがあるんですか。

逆に渋沢に尋ねられた。鋭いひとだ。

「その……立石チカは話しましたか」

――捜査内容については明かせません。

そう言ってから、渋沢は言った。

――黙秘を続けています。自分の名前さえ言いません。

「そうですか。やっぱり姉を気遣ってるんでしょうか」

――そうでしょうね。しかしもう、遅いんですが。

渋沢の言うとおりだった。チカが立石セナの妹であることは知れ渡っている。当然、セナにも非難の声が集中した。記者会見や表立っての弁明はしていないが、テレビCMは放送自粛《じしゅく》となり、もうすぐ公開される予定だった主演映画はお蔵入りとなった。事実上、立石セナは芸能界から消えてしまったのだ。

「チカは『姉を守ろうとした』って俺に言いました。でも結果的にセナを破滅させてしまった。皮肉というか、悲惨というか」

――チカが姉のことを本当はどう思っているのか……まあ、他人には理解しがたいところがありますね。

渋沢は曖昧な言いかたをした。電話を終えた後も裕太は渋沢の言外の意味を考えつづけた。

チカは姉のことを本当はどう思っているのか……。

考えても、よくわからなかった。彼女との対面は衝撃的だったが、それでも一度しか会っていない相手だ。想像も難しい。

立石セナのニュースは一カ月近く世間を騒がせたが、それも次第に収まっていった。ネットで炎上すると勢いはすごいが、継続はしない。すぐに忘れられ、他の炎上対象に興味は移っていった。今は芸能人が立てつづけに大麻所持で逮捕された話で盛り上がっている。立石セナなんて女優は存在していなかったかのように、忘れられていった。

桑原から呼び出しがかかったのは、そんな頃だった。

「この前の店よりいいところだろ」

桑原はそう言って裕太にビールを勧めた。たしかに以前一緒に入った店より料理の質はいいようだ。刺身もそれなりに量があって、しかも美味《うま》い。ただメニュー表を見るかぎり価格は高めだった。桑原はそんなことを気にする様子もなく、次から次へと注文をしていく。テーブルには料理がいくつも並んだ。

「今日は俺に奢《おご》らせてくれ」

支払いを気にしはじめた裕太に、桑原は言った。

「せめてもの礼だ」

「礼？」

「おまえには世話になったからな」

「いつ？　また中学の頃の話か」

「違う違う。ついこの前、おまえが殺されそうになったときだ」

「それなら逆だろ。おまえや渋沢さんのおかげで俺は助かったんだ。礼を言うなら俺のほうだ」

裕太が言うと、桑原は大きく首を振って、

「いやいやいや。俺のほうがおまえに感謝しなきゃならんのだ。おまえの勇気と行動力に大いに刺激されたんだからな」

「勇気と行動力？　何だそれ？　俺にはまるで縁のない話じゃないか」

「そんなことはない。おまえは殺人犯にひとりで立ち向かっていったじゃないか。ドラマみたいだった。さすがは名探偵だ。感心した」

どうも彼は勝手に妄想で事実を歪曲《わいきょく》しているようだった。

「俺は何もしてないよ。立石チカが犯人かどうかなんて、会うまでは全然予想してなかったし。ただ妙な予感がしたから、おまえと渋沢さんに連絡しておいただけで」

「その予感が的中したんだ。やっぱり名探偵だよ」

桑原はかまわず裕太を持ち上げる。

「あの姿を見て、俺は決心したんだ。教師を続けようって」

「続けようって、辞《や》める気だったのか」

「義理の父親から『仕事を手伝ってくれないか』って言われてたんだ」

「お下がりのＢＭＷをくれたひとか」

「そう。今から仕事を学べば将来は社長の座を譲るってな。そうなれば外車をもう三台くらい乗り回せるだろう」

「それはすごいな。でも、やめた？」

「やめた。おまえのせいだ」

「どうしてなんだ？　俺が何をした？」

「正しいことをした。やるべきことをやった。命を懸けて」

「だから、そんな大袈裟なものじゃないって。ただの成り行きで――」

「実際、殺されかけたじゃないか。そんな怖い思いをしてまで信念を貫き通すなんて、なかなかできることじゃないよ。俺には無理だ。でもな、せめて自分が正しいと思うことをしたいって思った。前に言ったけど、俺が教師になったのは、人に教えることで役に立ちたいと思ったからだ。義父の跡を継げば社会的には成功するかもしれん。金も稼げるだろう。だが俺の初志を諦めることにもなる。それでいいのかと、ずっと悩んでいたんだ。おまえの行動が俺の眼を覚まさせてくれた。ありがとう」

桑原は裕太の前で深々と頭を下げた。

なんだこいつは。裕太は笑いだしたくなった。学生時代からずっと、こいつは俺のことを誤解しつづけている。俺を立派な人間だと思い込んで、勝手に自分の人生の指標みたいにしている。呆れ返ったお人好しだ。こんな馬鹿な話があるか。こんなふうに誰かから尊敬されて感謝されたりする価値が俺にあるわけないのに。馬鹿馬鹿しい。本当に……馬鹿だ。

気が付くと、眼が潤《うる》んでいた。涙をこぼしそうになって、裕太はあわててお絞りで顔を拭《ぬぐ》う。

まずい。酔ったかもしれない。

「桑原、おまえもう飲みすぎたんじゃないのか」

照れ隠しに尋ねる。

「ん？　いや、まだ飲みが足りない気分だ。今日は付き合ってくれるか」

「……ああ、いいよ」

頷いて、裕太はビール瓶《びん》を彼に差し出した。

その日は普段の許容量を超えて飲んだ。しかし不思議と意識ははっきりとしていた。家にも真っ直ぐに帰ることができた。

リビングに明かりが灯《とも》っていた。覗いてみると両親がテーブルで向かい合って茶を飲んでいる。裕太が現れたので母親が少しびっくりした顔をして、

「あら、お帰り」

とだけ言った。裕太も言葉を返す。

「ただいま。ありがとう。おやすみ」

唖然《あぜん》とした顔の両親を置いて、裕太は自分の部屋に向かった。なぜ自分が「ありがとう」と言ってしまったのかわからなかった。きっと酔っているからだろう。

そのままベッドに飛び込んで寝てしまいたかったが、習慣でパソコンの画面を開いた。メールが一通届いていた。深く考えることもなく、そのメールを開いた。

そして、体が硬直した。

19

名古屋の住人が名古屋のホテルに宿泊することは、まずない。だからホテルのレストランはともかく、室内に入る機会はほとんどない。酔って終電を逃して近場のビジネスホテルかカプセルホテルに潜り込むくらいだろうか。少なくとも名古屋でも指折りの超高級ホテルの一室に足を踏み入れたことは、裕太も一度もなかった。

カーペット、ソファ、壁、天井、シャンデリア。いやでも見回してしまう。テレビ以外でこんなにも豪華な部屋を見たことがない。これがスイートルームというものなのか。視界の左側には階段がある。ベッドルームは別の階にあるらしい。思わずスマホで撮影したくなった。この室内を見せるだけでも再生数を稼げそうだ。

そんなことを考えていると、階段を上がってくる足音が聞こえた。裕太は妄想を打ち切り、身構える。

黒髪の頭部が見え、やがて全身が見えた。裕太の緊張が高まる。彼女は彼の向かいに立った。裕太はおずおずと、その視線に向き合う。

瞬間、全身に電流が走ったような感覚に震える。

ショートボブの髪、形の良い眼、鼻、唇。何もかも、画面を通して見たとおりの姿だった。だが裕太が眼にしているのは映像ではない。生身の彼女だった。

「はじめまして中村さん。立石セナと申します」

彼女が言った。すっと心に届くような声。滑舌もよく聞き取りやすい。それでいてかすかに鼓膜を引っ掻くようなノイズが感じられる。創立記念日のビデオメッセージを観たときに感じたのと同じだった。

「あ……はじめ、まして」

言葉が喉にひっかかって出てこない。自分でもわかるほど挙動不審になっている。しかしそんな自分を制御できない。彼女に視線を合わせようとするたび、強い力で跳ね返されるような感覚になる。それでも眼を逸《そ》らしつづけるわけにいかない。懸命に堪えて彼女を見た。

ダークグレイのジャケットにタイトなスカートのスーツ姿だった。細身の体に形よく合っている。オーダー物かもしれない。靴はハイヒールではないが革製のシックなデザインのもので、見るひとが見ればすぐにブランドとかわかりそうだった。

「座ってください」

彼女――セナが言った。腰を下ろすとソファは優しく裕太の体重を受け止めた。

「妹のチカがご迷惑をおかけしました」

「いえ、俺は別に……」

言いかけて、たしかに迷惑はかけられたなと思い返した。

「まあ……殺されかけはしましたけど」

「本当に申しわけありませんでした。今日はお詫《わ》びを言いたくて、失礼ながらお呼び立ていたしました。これも御迷惑なことでしたでしょうか。でしたら重ね重ね、お詫びします」

「それはいいです。俺も、できれば一度セナさんに会って話を……いや、確認をしたかったので」

「何を確認されたかったんですか」

セナが尋ねてきた。早速その話か。裕太は覚悟を決めて、答えた。

「十年前、榎保憲が通り魔事件を起こした現場で俺が見たのは、一体誰だったのか」

セナは裕太をじっと見つめている。何も言わない。だが彼女が先を促しているのはわかっていた。裕太は続けた。

「チカさんは自分があのとき現場にいたと言いました。俺もそうなのかなって思いました。榎に殺されそうになったのはチカさんだったんだと。でも、彼女の話を聞いてるうちに妙なことに気付いたんです。チカさんの話、ときどきお姉さんのことと自分のことを混同しちゃってるんですよ。まるで自分がスカウトされて芸能界デビューしたみたいな言いかたをして。それで俺、わからなくなったんです。もしかしたらチカさんは、あなたと自分を区別できなくなっているのかもしれない。本永さんと広浜さんと葛山さんのことを『姉にひどいいじめをしていたひとたち』と言いながら『わたしがどんなに素晴らしい仕事をしても、あのひとたちはわたしを嘲笑《あざわら》って馬鹿にして踏みにじるに違いない』と自分のことのように言い出したりしてました。三人を死に追いやったのも、自分が彼女たちにいじめられてきたかのような錯覚をしてしまったからではないのかと、そんな気がしてるんです。そうだとしたら、チカさんが俺にしてくれた話は、どこからどこまでがチカさん本人のことなのか、わからなくなってしまう。だから確認したかったんです」

裕太はセナの視線を、やっと受け止めた。そして言った。

「あそこにいたのは、あなたですか」

セナはすぐには答えなかった。揃《そろ》えていた足をわずかに崩し、自分の指先に視線を移す。その仕種《しぐさ》が演技っぽく見えた。やがて、彼女は口を開いた。

「チカは、わたしを背負おうとしたんです。わたしのために一生懸命になって、わたしの成功だけを願って。でも一生懸命になりすぎて、自分を失《な》くしてしまった。そして想像していた自分に乗っ取られてしまったんです」

「想像していた自分？」

「今の事務所にスカウトされたのは、名古屋駅前をチカと歩いているときでした。スカウトが声をかけてきたとき、チカは一瞬、自分に声をかけられたと思ったみたいでした。すぐに誤解だとわかったんですけど、そのときのチカの表情を今でもわたし、忘れられません。その後わたしがデビューして芸能活動を始めてから、チカはすごく応援してくれました。まるで自分のことのように力を籠めて。でもときどき、本当に自分のことだと思ってるんじゃないかって気がするときがありました。わたしがネットで批判されたりすると自分が貶《けな》されたみたいに落ち込んだり反発することもあったんです。わたしは批判なんてそんなに気にしないんですけど、チカが過剰に反応するので逆に気になってしまうくらいでした。もっとそのことを気にすればよかったと今では反省しています。チカはもしもスカウトされたのがわたしではなく自分だったらと想像しながら、ずっと過ごしてきたのだと思います。今回の出来事は、そんなチカの想像が膨らみすぎて起きたことでしょう」

そこまで話すとセナはテーブルに置かれていたワインクーラーからミネラルウォー

ターの瓶を取り出すとグラスに注いだ。

「飲みます？」

「あ、いえ」

「わたしは何も入れませんけど」

そう言ってセナは少し微笑み、水を飲む。軽く息をつき、言葉を続けた。

「先程の質問ですけど、答えますね。あれは、わたしでした」

何でもないことのように言った。裕太は背筋が震える気がした。

「じゃあ、オレオって男に誘い出されたのは……」

「オレオ……思い出したくない名前です。好きなお菓子だったのに」

また一口、水を飲んだ。

「あの通り魔がオレオを刺したとき、何がなんだかわかりませんでした。悲鳴があがって血が流れて、でも現実味が全然なかった。そしてオレオが地面に倒れたとき、彼のポケットからスマホが転がり出てきたんです。そのときわたし、どうしたと思います？ 咄嗟にそのスマホを盗《と》っちゃったんです。盗ったというより、誰にも見せたくないって思ったのかな。そのままお爺さんに抱え上げられて助けられたときも、通り魔が警察に取り押さえられるのを見てたときも、ずっと手に握ってました。誰にも見られないように。そして逃げ出しました。持って帰ったスマホはその後、家にあった金槌《かなづち》で何度も叩いて壊しました。これであの写真はもう誰にも見られないで済む。そう思いたかった。でもね、不安って消えないものなんです。もしもオレオがあの写真をパソコンとか他のところにコピーして保存してたらどうしようとか、そんなことを考えはじめるとまた不安になって、頭が変になりそうでした。今でもときどき不安になります。この不安に比べたら、今の状況なんてかわいいものです」

「女優生命が断たれるかもしれないのに、ですか」

「女優なんて」

吐き捨てるように言いかけて、セナは語調を戻す。

「いえ、嫌いではありませんよ、女優の仕事は。それなりに達成感もありますし、ひとからちやほやされる快感も味わわせてくれますから。でも今すぐ女優ができなくなったとしても、それほど悔しくはないんです。結局は暇つぶしでしかないんですし」

「暇つぶし、ですか」

「ええ。死ぬまでの暇つぶし。人生って結局そういうことだと思いません？」

「暇というには、長すぎるし苦しすぎる気がしますけど」

「長いし苦しいから何かしないと耐えられない。うっかり撮った自撮り写真にずっと後悔させられたりとか、そういう辛いことばかりあるし」

「あと、時計塔に縛りつけられたりとか?」

裕太が言うと、セナは少し反応した。

「あの記事、読んだんですか」

「ええ。他人事ではありませんでした。あの時計塔に縛りつけられることに関しては、俺は先輩ですから」

「どういうこと?」

「多分あの時計塔に最初に縛りつけられたのは、俺です」

裕太の言葉に、セナはさらに驚いたようだった。

「そうなんですか。まさかあれを共有できるひとがいるとは思わなかった」

「一晩中、縛られたままでした」

「わたしもです。辛かった」

「でも時計塔の修復に寄付しましたよね? あんなの、なくなってもいいんじゃないですか」

裕太が尋ねると、セナは少し表情を緩め、

「なくなるじゃないですか。わたしが縛りつけられた時計塔は消えて、新しいものになる。そのために寄付したんです」

なるほど、そういう考えもあるのか。裕太は得心した。

「中村さん、あなたは時計塔に縛りつけられていたとき、何を考えてました？」

セナが身を乗り出すようにして尋ねてきた。

「そうですね……なぜ自分は自分なんだろうと、どうしてこんな目に遭う人間として生まれたんだろうと思ってました。それと、誰にも見つけられたくないなあとも」

「それ、同じです。そうですよね」

セナは大きく頷《うなず》く。

「誰にもこんな姿、見られたくなかった。なのに翌朝、学校の先生に見つけられました」

「そこも同じですね。助けてくれた先生のことを恨んだりしました」

「そうそう」

セナは笑った。顔を合わせて初めて、屈託なく笑った。そして言った。

「あのとき、こうも思ったんです。このまま死んでしまうならそれでもいい。むしろこの先も生きつづけなきゃいけないなんて拷問だって。でも助けられて生きつづけて、今日ここにいます。ずっと生きるのは嫌だった。でも、死のうとは一度も思わなかった。あなたは？」

「少し、あります。引きこもってずっと自分の部屋にいて、自分には何の価値もないと思えて仕方なかったとき、だったら死んでしまったほうがいいんじゃないかって」

「どうして死ななかったんですか」

「どうして……どうしてだろう？」

裕太は考え、言葉を選ぶ。

「それは……きっと、生まれてきたからじゃないかと。生まれてしまった以上、生きつづけるしかない」

「生まれるって、そう考えると一番良くないことですね。生まれなければ、こんなに辛いことを経験しなくて済むし」

「そういう考え、反出生主義って言うらしいです。昔からある考えらしいです」

「そうみたいですね。ゲーテの『ファウスト』でもファウストが叫ぶんです。『生まれてこなければよかったのに！』って。昔から同じことを考えてるひとがいるんですね」

セナは少し嬉しそうだった。そして、よく聞き取れない言葉を呟《つぶや》いた。

「え？　今、なんて？」

裕太が問いかけると、彼女は繰り返す。

「Du sollst leben.ドイツ語です。『おまえは生きなければならない』という意味」

裕太は息を呑んだ。チカに薬を盛られて前後不覚になっていたとき、夢の中でチカかセナかわからない誰かに繰り返し問いかけられていた言葉だ。

「新しい映画のタイトルにもなりました。上映取りやめになっちゃいましたけど。これもともと『ファウスト』に出てくる台詞《せりふ》なんですけど、読んだことあります？」

「いえ、俺は全然」

「ゲーテってすごい文豪だし、『ファウスト』は世界的名作って言われてるから、すごく高尚で難解なお話みたいな気がするでしょ？　でも読んでみると全然違うんです。下品で粗野で笑いもあって。悪魔メフィストフェレスと契約して若さを取り戻したファウストがマルガレーテという若い娘を誘惑して妊娠させて、マルガレーテはファウストとの逢瀬《おうせ》を重ねたい一心で厳格な母親に睡眠薬を盛るんですけど、その量を間違えて死なせてしまう。そのうえ身ごもった我が子も死なせてしまい投獄される。ファウストは彼女を助けようとするんですけど、マルガレーテはその手を拒絶する。絶望した彼女は死を望むんです。そんな彼女にファウストが投げかけるのが、この言葉なの。『おまえは生きなければならない』って、ずいぶん身勝手ですよね。全部の元凶は自分なのに『生きなければならない』なんて、よく言えたなって思いました。でも何度か『ファウスト』を読み返してみて、今回の映画でマルガレーテの役を演じてみて、考えました。『生きなければならない』というのは他人からの強制なんかじゃなくて、自分の中から生まれてくる『生』を求める力を呼び覚ます言葉なんじゃないかって」

「自分の中から、ですか」

「うまく言えないんですけど、そんな感じです。他人からいくら『生きろ』って言われたって、生きる気力なんか出てきません。自分がその気にならないと。だけど、誰かの言葉が自分のその気を目覚めさせてくれることはあるのかもしれない。さっき言ってた反出生主義、でしたっけ？　そういう考えかたってすごくわかるんですけど、でも生まれてこなければよかったと言ったって、わたしたちもう生まれてきちゃってるんですよね。生まれてしまった以上、じゃあどうやって生きていくかを考えるしかないじゃないですか。自分で自分を殺すのは生きることよりもっと辛いし勇気が要るし難しい。そんなことを考えながら、あの映画に携わってきたんですけど……ああ、やっぱりあの映画、世に出したいなあ。頑張ったの、観てもらいたいなあ」

心底悔しそうに、セナは言った。

「大丈夫ですよ」

咄嗟《とっさ》に裕太は言う。

「きっと映画を観てもらえる機会はありますって。なぜなら……」

その先に何を言うつもりなのか考えてはいない。しかしここまで言った以上、続けなければならない。悠太は言葉を探った。

「なぜなら……みんな、いいかげんだからです」

「いいかげん？」

「いいかげんに批判して、いいかげんに忘れて、いいかげんにほったらかしにする。映画のことも今はみんな頭に血が昇ってるからやいのやいの批判するでしょうけど、そのうち忘れます。そしたら、しれっと公開しちゃえばいい。劇場が無理なら配信とかでもいいし」

裕太が話しているうちに、セナの表情が明るくなるのがわかった。

「そうね。そうかもしれない。監督もプロデューサーも公開を諦めてはいないって言ってたし。なんとかなるかもね」

「セナさんの女優復帰も、そんなに遠くないと思います。セナさんにその気があるなら、ですけど」

「それは……ちょっと考えるわね。正直ここのところずっと働きつづけてて疲れてたの。いい機会だから休暇を取ってどこかに行くのもいいかなって。前からニューヨークに住んでみたいって思ってたの」

「悪くないんじゃないですか」

裕太が言うと、セナは微笑んだ。二十四歳の女性の笑顔だった。

「ありがとう。中村さんに会えてよかった。わたしもチカみたいにならなくて済んだわ」

「え？」

「何でもない。本当は一緒にお食事でもしたいんだけど、この後スタッフと打ち合わせがあるの。記者会見はしないつもりだけど、何らかの形でメッセージを出さないわけにはいかないみたいだから、それをどうするか決めたいのよね。今日は本当にありがとうございました」

セナは立ち上がり、裕太に小さな青い箱を差し出した。

「これ、お詫びとお礼の印です。受け取ってください」

部屋を出てエレベーターに乗り、一階のロビーに出る。

渋沢が待機していた。

「どうでした？」

尋ねられ、頷くことしかできない。とりあえずロビーのソファに腰かけた。大きな溜息が出た。

「結構時間がかかりましたね。何の話をしていたんですか」

裕太はセナとの会見の内容を話した。ただ榎保憲に遭遇したのがチカではなくセナだったことについては、言わなかった。

「概《おお》ね予想どおりの会見でしたね」

「そうですね。ただ……」

「最後の一言、気になります？」

「はい。『わたしもチカみたいにならなくて済んだ』って、まさか……」

「中村さんを始末するつもりだった、とか？」

「そんなことはあり得ないと思うんですけどね。こんなホテルでそんなことしたら、バレないわけがない」

「立石セナの部屋はスイートルームでしたよね？　ベッドルームのほうへは行きました？」

「行くわけないじゃないですか」

「では、そこに誰がいたかわからないですね」

「……誰かいたとでも？」

「彼女を中村さんから守るボディーガード的な人間が待機していたかもしれません。あるいはその人物がセナの計画の協力者であったかも」

「計画って……俺を？」

「でも、そういうことはなかった。すべては友好的に進められた。めでたしめでたしです」

渋沢が言う。裕太はまた、息をついた。そして手を開き、セナから渡された青い箱に眼を向ける。

「それは？」

「え？　ああ、別れ際に渡されたんです。お詫びとお礼の印だって」

裕太は箱を開いた。銀色のチェーンが付いた金属製のタグが収められている。裕太がそれを眼の高さに上げると、渋沢がタグに刻印されている文字を読んだ。

「『おまえは生きなければならない』……結構きつい言葉ですね」

「そう思います？」

裕太が尋ねると、

「これからどうします？　ランチでもどうですか」

渋沢は答えず、訊き返してきた。

「そうですね。気を抜いたら腹が減ってきました。でもこのホテルでは高すぎませんか」

「近くに安くて美味《おい》しい定食屋があります。そこでよければ」

「行きましょう」

タグを箱に戻して、裕太は立ち上がる。渋沢が寄り添った。

「訊きたいことがあるんですけど」

裕太は思いきって言った。

「渋沢さん、どうして俺にかまうんですか。刑事の職分を超えてますよね？」

「刑事として付き合ってるつもりはないですよ」

渋沢は答えた。

「少なくとも今は」

「え？」

「声です」

「え？」

「中村さんにかまう理由。初めて会ったときに思いました。このひと、いい声だなって」

「それが、理由？」

「はい」

渋沢は頷いた。

「ところで中村さん、散歩はまだ続けてます？」

「あ、はい。ぼちぼちですが」

「だったら食事の後、少し歩きませんか。このあたりもいい散歩コースなんです」

「詳しいですね」

「このあたりの住人なので。わたしのマンション、ここから歩いてすぐなんです」

「そうだったんですか」

「寄ってみます？」

「……え？」

「今日でなくていいです。冷蔵庫に何もないんで。いつかわたしの作ったショットブッラルをご馳走します」

「ショット？　何ですか」

「スウェーデン風ミートボールです。美味しいですよ」

「はあ……いいですね」

「よかった」

なぜか機嫌のいい渋沢に連れられ、裕太は午後の街を歩いた。風に冬の匂いが混じりはじめていた。

エピローグ

立石セナの主演映画「おまえは生きなければならない」は最初の予定より半年遅れて公開された。

裕太はその映画を渋沢と一緒に観た。

期待したほどの出来ではなかった。だがセナの演技だけは迫真といえるもので、心を揺さぶられた。特に「おまえは生きなければならない！」と呼びかけられた彼女が獄中で見せた表情を、裕太はずっと忘れられないでいた。

映画を観終えた後で売店を覗くと、映画関係のグッズの中に見覚えのあるものが並んでいた。映画のタイトルが刻印された金属製のタグだ。銀色のチェーンが付いたそれは、もしも映画がお蔵入りされたままだったら幻のグッズとなり、裕太が持っているのは貴重な一品になっていたかもしれなかった。

映画が中くらいのヒットに終わった後、セナは二年のニューヨークの語学留学を終えて芸能界に復帰し、以前ほどではないがテレビや映画に出演している。彼女のことが話題になるたび「殺人犯の姉」と揶揄《やゆ》する言葉がネットを駆けめぐるが、以前のような炎上には至らず単発的に終わった。

立石チカは黙秘したまま起訴され裁判で懲役刑が科せられた。それきり、彼女についての情報は聞かれなくなった。

裕太の両親は離婚し、持ち家は解体された。裕太は土地の売却金のいくらかを渡され、そのまま渋沢のマンションに転がり込んだ。

まだ短時間のバイトくらいの仕事しかできていない。何か資格を取れればとも思っているが、いまだに何をするべきかわからないでいる。母親に勧められた「ひきこもり地域支援センター」には結局行かなかったが、渋沢の勧めで地域のボランティア活動に顔を出したりもしている。早朝に公園の掃除をするなんて、以前の自分からすると信じられないようなことも経験した。思ったより辛くなく、続けられそうだった。

晴れた日には洗濯をしてベランダに干し、それからしばらく外の景色を眺めている（けっして下は覗き込まない）。セナから手渡されたタグは箱に入れたまま、取り出すこともない。でも、生きなければならないのなら、こういう日を生きようと思ったりする。

【参考文献】

『ファウスト』ゲーテ　池内紀訳（集英社）
同　高橋義孝訳（新潮社）
同　高橋健二訳（グーテンベルク21）
『史上最高に面白いファウスト』中野和朗（文藝春秋）
『生まれてこないほうが良かったのか？　生命の哲学へ！』森岡正博（筑摩書房）
『コンビニは通える引きこもりたち』久世芽亜里（新潮社）
『YouTube完全マニュアル【第3版】』桑名由美（秀和システム）

解　説——生きなければならないということ

村上貴史
（ミステリ書評家）

■時計塔での経験

中学時代、校庭の時計塔に縛り付けられた経験をお持ちだろうか。

雪のちらつく深夜、同級生によって縛り付けられ、冷風に晒《さら》されたまま放置されながらも、助けを呼ぶことで自分のその姿を誰かに見られることが恥ずかしく、声を上げられないまま意識が薄れていく——そんな経験をお持ちだろうか。

ゲーテが『ファウスト』で用いたセリフを題名に冠した『おまえは生きなければならない』の主人公は、そんなかたちで死を覚悟した経験を持っていた。

中村裕太。現在は三十七歳になる。

■強いられた探偵役

裕太は、新卒で就職した会社を罵倒《ばとう》され続けた末に四年で辞め、十年ほど実家で引きこもり生活を続けている。動画投稿を行ってはいるものの、再生回数もたいしたことはなく、YouTuberを名乗れるような稼ぎはない。両親の庇護のおかげで生活できているという状態だった。そんな彼は、ある日、自分がバズるネタを持っているかもしれないことに気付いた。五年ほど活躍を続けている二十四歳の女優・立石セナが、自分の中学の後輩らしいのだ。これはひょっとするかも。裕太は、セナの実家を特定する動画の撮影を始めた……。

なんというか、冴《さ》えない男だ。パラサイトな引きこもりという日常に甘んじているだけだし、動画でバズりたいといっても、二番煎《せん》じ三番煎じしかしていない。しかも方向性がブレブレ。親との対話も避けてばかり。ただ、太田忠司は、彼の造形に一工《ひとく》夫《ふう》加えている。裕太が引きこもるようになったのには、どうやらそれなりの理由があるようなのだ。なので読者も、彼を簡単に見限らずにお付き合い戴けると有難い。とは書いたものの、読み手としてたいした辛抱は不要だ。前述のセナの〝特定班〟

としての物語が、直《ただ》ちに、かつ予想外の展開で勢いよく流れ始めるからである。セナも裕太と同じく時計塔に縛り付けられた体験があるという思わぬ事実に始まり、あんな事実やこんな事実が判明し、謎が深まっていくのである。驚きと刺激の連続を味わうことになるのだ。

そのうえで、それらが裕太の日常に絡みついてくる。裕太の中学時代のクラスメイトの桑原——中学三年間を通じてバスケ部のエースであだ名はタフマン——がその後教師となり、彼の教え子がセナと接点を持っていたという繋《つな》がりで、桑原によって裕太はセナを巡る謎について、〝名探偵〟の役割を強《し》いられるのである。裕太からすれば買い被《かぶ》りなのだが、桑原は何故《なぜ》だか裕太を認めており、事件から離脱させてくれないのだ。こうなるともう、読者は太田忠司の掌《てのひら》で転がされっぱなしになる。妙に強引に裕太に絡んでくる渋沢という刑事であったり、動画サイトでの変化であったりと様々な燃料が投下され、読書のスピードは加速に加速を重ねていく。

だからといって、裕太が大きく変化するわけでもない。仕事には就《つ》かないし、親とも向き合わない。そうしたロジカルには最適ではない生き方で過ごしているにせよ、読者は、彼にも彼なりの考えがあり、魅力があることに気付いていくのである。そしていつしか彼の視点で出来事を捉《とら》えるようになり、過去と現在の両面から襲ってくる終盤の衝撃を体感することになるのである。いやはや、あの裕太が、である。

そんな裕太の物語なので、すべてが本格ミステリ的に美しく整然と着地するわけではない。登場人物たちの本心が明かされる場面に驚きは感じつつも、唐突と思われる展開もいくつかある。だが、それもまたこの物語らしさだと感じた。『おまえは生きなければならない』という物語らしさであると。登場人物たちが、裕太のみならず、セナも、桑原も、刑事も、裕太の父も母も、さらにその他の人物も、それぞれに生きていく姿を描いた物語ならではの「らしさ」なのだと。エピローグまで読み、その思いを強くした。

■死刑廃止と安楽死

さて、少々遅ればせながら、太田忠司について記しておこう。

一九八一年に星新一ショートショート・コンテストで「帰郷」が優秀作に選ばれ、その後、一九九〇年に講談社ノベルズから『僕の殺人』が刊行され、長篇の単著としてのデビューを果たした。その後も《狩野俊介》シリーズや《霞田兄妹》シリーズなどをはじめ、数々の作品をコンスタントに発表してきたミステリ作家である。

そんな太田忠司は、『麻倉玲一は信頼できない語り手』(二〇二一年)で、二〇二二年に第八回徳間文庫大賞を受賞した。死刑制度が廃止された近未来の日本を舞台に、最後の死刑囚への取材で訪れた孤島の刑務所で事件が続くという小説だった。

死刑廃止、である。つまり、執筆時点で太田忠司がどこまで本作を構想していたかはともかく、彼は「おまえは生きなければならない」という状況を描いていたことになる。同書の解説では、この作家が、殺人と自殺と死刑などを題材としたミステリを書き続けてきたことを記したので、目を通していただけると有難い(なお、解説云々《うんぬん》以前に、『麻倉玲一は信頼できない語り手』がべらぼうに素晴らしいミステリであることを強調しておきたい)。

太田忠司は、その翌年、『喪を明ける』という小説を発表した。こちらもまた近未来の日本が舞台である。なにやら重大事件が起きたらしく、人々は東京を避けて生活している状況がある。その日本は、現在よりも国として弱っており、また、安楽死も合法化されている。そうした近未来を背景に、太田忠司は『喪を明ける』において、一組の親子を描いた。靴職人の楢原卓弥《ならはらたくや》と、三〇歳を過ぎて離婚し、実家に戻ってきた息子の優斗《ゆうと》だ。卓弥の妻であり、優斗の母である夏美は、既に亡くなっている。この小説は、二人の日常をそれぞれの視点で淡々と語りながら、そこで起きる小さな変化を丁寧《ていねい》に語る静謐《せいひつ》な物語であり、ささやかではあるが力強い希望を感じさせてくれる。そして、安楽死という個人が選択する死を、東日本大震災がもたらした夥《おびただ》しい数の強制された死と、さらには新型コロナによる世界規模での強制された死に重ねた小説でもある。人は〝生きなければならない〟のか——著者なりの考えを示した本書と『喪を明ける』の二冊に触れると、そうした問いが読み手の心のなかにも浮かび上がる。

なお、太田忠司は、こうした死生観を掘り下げるミステリばかりを執筆しているわけではない。『喪を明ける』と本書の間に発表した『名探偵犬コースケ 1 消えた女神像』（二〇二三年）は、中学一年生の主人公、桜山凱斗《かいと》が、推理能力と（凱斗との）会話能力を持つミニチュアダックスフントのコースケの力を借りて難事件に立ち向かうという、ユーモアとアクションと推理が詰まったジュヴナイルであった。主人公の凱斗は、私立探偵である母親が引き受けた事件（予告盗難など）でその才能を発揮するのだが、亡くなった父親もまた私立探偵であった。そんな父親の死は、『喪を明ける』における母親の死とはまたまったく違うかたちで印象的に描かれているのでご注目を。なお、凱斗の友人に悠太という少年がいる。本書の主人公と同じ音の名前だが、本書との関連は特に気にしなくて良さそうだ。

■徳間文庫の三冊

二〇二〇年代に入って徳間文庫で刊行した二作、すなわち『麻倉玲一は信頼できない語り手』（『メフィスト』2019 Vol.3から2020 Vol.3にかけての連載を二〇二一年四月に徳間文庫で刊行）と『喪を明ける』（U―NEXTでの二〇二二年八月に電子書籍刊行後、同年十一月に徳間文庫で刊行）において、太田忠司は、近未来を枠組みに用いて〝生きなければならない〟ことについて語ってきた。そんな彼が、いよいよ現代日本を舞台に今日的な題材を活かしてそのテーマを深掘りした小説がこの『おまえは生きなければならない』である。現代日本の日常のリアルさと、セナへの裕太の関心を起点とするミステリとしての刺激的な展開、さらに（ここまで書かずにきたが）冒頭で提示される突然の死の扱いが、実に見事にバランスした小説だ。

死が自分のすぐ側《そば》にあることを否応なしに認識させた新型コロナウイルスが流行《はや》り始め、猛威をふるい、そして落ち着いていくなかで発表されたこの三作品、各作品で主人公は異なり、ミステリとしての濃淡にも差がある。そもそも著者本人には一括《ひとくく》りにする意思はまったくないのかもしれない。今後の新作で、まだまだこのテーマを追求するかもしれない（大歓迎だ）。だが、本書を読み終えたこのタイミングでは、それでもあえて言いたくなるのだ。本書は、《生きなければならない》三部作の掉尾《ちょうび》を飾るに相応《ふさわ》しい一作である、と。

太田忠司——読み続けたい作家である。

二〇二四年二月

この作品は徳間文庫のために書き下ろされました。
なお本作品はフィクションであり実在の個人・団体などとは一切関係がありません。

徳間文庫

おまえは生《い》きなければならない

2024年4月15日　初刷

著者　太《おお》田《た》忠《ただ》司《し》

発行者　小宮英行

発行所　株式会社徳間書店

東京都品川区上大崎三－一－一
目黒セントラルスクエア　〒141－8202

電話　編集〇三(五四〇三)四三四九
　　　販売〇四九(二九三)五五二一

振替　〇〇一四〇－〇－四四三九二

印刷
製本　大日本印刷株式会社

ISBN978-4-19-894940-2　（乱丁、落丁本はお取りかえいたします）

徳間文庫の好評既刊

柚月裕子

朽ちないサクラ

警察のあきれた怠慢のせいでストーカー被害者は殺された!?　警察不祥事のスクープ記事。新聞記者の親友に裏切られた……口止めした泉《いずみ》は愕然とする。情報漏洩《ろうえい》の犯人探しで県警内部が揺れる中、親友が遺体で発見された。警察広報職員の泉は、警察学校の同期・磯川《いそかわ》刑事と独自に調査を始める。次第に核心に迫る二人の前にちらつく新たな不審の影。事件には思いも寄らぬ醜《みにく》い闇が潜んでいた。